여동생이 여기사 학원에 입학했더니 어째선지 구국의 영웅이 되었습니다. 내가. 2

After my sister enrolling in Girl Knights'School, I become a HERO.

단추가 가슴 때문에
안 튕겨 나가게…….
주인님이 깰 거야…….

Kanade
은발
메이드
실은 암살자
카나데

물론 오빠가 아닌 남성에게
목말을 부탁할 일은 없을 테니 안심하세요.

있잖아, 스즈하.
슬슬 나랑 교대하지 않을래?

그리고 앞으로도
오래도록 잘 부탁해——.

지금 이 순간만은 단둘이니까—
이름으로 부르게 해줘.
——내 목숨을
구해줘서 고마워.
지금까지 날
지지해줘서 고마워.

Contents

여동생이 여기사 학원에 입학했더니 어째선지 구국의 영웅이 되었습니다. 내가. 2

After my sister enrolling in Girl Knights'School, I become a HERO.

여동생이 여기사학원에 입학했더니 어째선지 구국의 영웅이 나, 내가 되었습니다. 2

1장 변경백령을 되찾아라

1

대체 뭐가 뭔지 알지도 못한 채 변경백이 된 다음 날.

난 바로 토코 씨로부터 호출을 받고 왕궁으로 향했다.

여왕의 집무실에 앉은 토코 씨 옆에는 유즈리하 씨와 여동생인 스즈하의 모습.

듣자 하니 어젯밤엔 셋이 여자들끼리 모임을 가졌다고 한다.

새 여왕의 즉위식을 치른 바로 그날 여왕과 공작영애를 개인적으로 독점하다니, 오빠로서 굉장히 우쭐해졌다.

어쩌면 우리 여동생이 이 나라 최강 인맥의 소유자가 아닐까?

뭐, 그건 그렇다 치고.

"어제는 어땠어, 스즈하 오빠? 귀족이 되고 하루를 보낸 감상은?"

"정말 엄청 힘들었어요."

"뭐어?"

"그 이후 즉위 무도회 도중은 물론 끝난 이후에도 계속 알지도 못하는 귀족들이 말을 계속 걸어왔다고요. 결국 초밥도 편하게 못 먹고 겨우 집으로 도망쳤더니 한밤중이었고. 게다가 오늘 아침에는 집에 대량의 편지가 도착했는데 그건 뭔가요?"

"편지 안은 봤어?"

"아뇨, 전혀요. 인사라면 즉위 무도회에서 거기 나온 귀족 전부랑 했으니까요. 왜 그런 양의 편지가 도착했는지 하나도 모르겠어요."

"그건 아마 거의 전부 맞선이나 혼인 요청서일 거야."

"네에에?!"

"뭐, 당연하지. 지금 이 나라에서 나는 새도 떨어뜨릴 기세의 스즈하 오빠를 붙잡고 싶어 하지 않는 바보 귀족은 없을 것 같으니까. 그런 멍청한 귀족은 얼마 전 스즈하가 전부 숙청해버렸고."

토코 씨가 웃는 얼굴로 무시무시한 소릴 하자 그 옆에 있던 유즈리하 씨도 당연하다는 듯 수긍했다.

"그래. 하지만 그대가 결코 잊지 말았으면 좋겠어. 그대를 처음 발견한 건 이 몸──다시 말해, 사쿠라기 공작가거든? 게다가 나도 아버님도 그대의 후견인으로서의 입장을 절대로 놓을 생각이 없어. 물론 알고 있겠지만──."

"아, 네……?"

"그러니까 물론 너의 결혼 상대에 대해서도 충분히 조사를 거듭하고 있어. 물론 변경백으로서도 그대가 더욱더 공적을 쌓아서 작위가 올라간다 해도 그에 어울리는 상대를 선택할 생각이니까 안심해도 돼.”
“그런 이야기는 처음 듣는데요?!”
“다, 다만 뭐, 그대에게 어울리는 작위와 전투력을 겸비하려면……좀 거친 여자가 선택될 가능성도 크지만 그건 좀 참아줬으면 좋겠달까……!”
“아내와 전투력이 무슨 관계가 있는 건데요?!”
“그, 그건 그대의 평생의 파트너가 되려면 그대의 등을 지켜주기에 어울리는 실력자일 필요가 있으니까!”
“결혼 상대의 조건이 너무 물리적이잖아요?!”
안 그래도 인기 없는 나에게 그런 조건을 붙이면 그야말로 평생 결혼할 수 있는 상대를 찾을 수 없게 될 것이다.
역시 농담이라도 그건 좀 봐줬으면 좋겠다.
“────뭐, 유즈리하 씨의 농담은 그렇다 치고.”
“농담도 뭣도 아닌데.”
“듣고 보니 분명 어제 귀족분들이 꽤 많은 이야기를 물어봤었죠.”
“흐음, 대체 뭘 물었지?”
“제가 결혼했는지, 사귀는 상대는 있는지. 그냥 잡담의 화제라고 생각했는데요.”
“정보 수집은 중요하니까. 게다가 혼담이야 밑져야 본전이겠지만 조금이라도 빨리 그대와 친해지는 것도 중요하고.”

"네에……."

"아무리 구국의 영웅이라 해도 귀족 사회에서 아직 그대는 신입에 지나지 않아. 그러니 지금부터 침 발라놓으면 그대가 좀 더 좀 더 높은 지위에 올라갔을 때 『로엔그린 변경백은 내가 키웠다』라는 느낌으로 훈수를 둘 수 있다는 거지."

"이 이상 높아질 예정은 1밀리도 없는데요?"

"그건 해석의 차이야. 만일을 위해 충고해두겠는데, 그대가 왕도에 있는 한 앞으로도 혼담 신청은 날마다 늘어나기만 할 거야. 어쨌든 귀족으로서는 본인이 환심을 사기 전에 그대를 누군가에게 빼앗기면 끝이니까."

"맙소사!"

날 향한 귀족들의 수수께끼 같은 기대가 괴로웠다.

"그럼 어떻게 하죠……?"

"그건 간단해. 스즈하 오빠."

"토코 씨!"

역시 여왕님, 이럴 때 대처법도 알고 있다니 든든했다.

지금 내가 이런 상황에서 곤란해하는 원인이 거의 전부 토코 씨인 것 같은 기분이 드는 건 접어 두고.

"왕도에 있는 한 다른 귀족에게 붙잡힐 테니까 관심이 식을 때까지는 본인의 영지로 도망치면 돼."

"제 영지요? 그런 게 있습니까?"

"그야 변경백이니까. 당연히 있지."

"틀림없이 이름뿐인 거라고 생각했어요."

"뭐, 실제 영지 운영은 집사라도 고용해 맡기면 되겠지. 그래도 네가 새롭게 변경백이 됐으니 처음부터 다 맡기는 것도 좀 그렇잖아. 네가 영지에 대해 파악할 때까지 로엔그린 변경백령으로 피난 가 있으면 되지 않겠어?"

"과연."

귀족들로부터 도망칠 수 있고 일도 할 수 있으니 일석이조, 역시 여왕 토코 씨라고 감탄하고 있는데.

"그러니까 그때 간 김에 영지를 되찾아오면 돼."

"……네?"

"말하는 걸 깜빡했는데, 스즈하 오빠의 영지는 현재 모두 적국에게 점령되어 있어."

……뭐라고오오오?!

2

"아니, 어딘가 이야기가 이상하다고는 생각했어."

왕도를 떠난 지 며칠.

로엔그린 변경백령으로 이어지는 험준한 산길을 걸으며 난 스즈하를 상대로 투덜거렸다.

"내가 귀족이라니 이상하다고 생각했는데, 전 왕자들이 저지른 전쟁으로 영지를 전부 빼앗긴 변경백이라면 납득이 돼. 결국 그건 아무런 이익도 없는 거잖아."

"하지만 오빠, 로엔그린 변경백 가문은 이 나라에서도 유수의 명문 귀족이었다고 해요. 다만 특권계급 의식으로 가득 찬 역겨운 녀석들인 데다 멍청하고 무능했기 때문에 유즈리하 씨 손으로 일족을 전부 숙청했다던데."

"그건 명문가인지 아닌지 잘 모르겠네. ——그런데 스즈하, 상태는 어때?"

"순조로워요, 오빠."

스즈하는 지금 내 어깨 위에 목말을 타고 주변을 둘러보고 있었다.

이런 산속엔 마물도 있고 산적도 있다. 그래서 망보기는 빠질 수 없었다.

평소라면 내가 경계하겠지만, 스즈하가 '어엿한 여기사가 되는 훈련도 할 겸 망을 보고 싶다'고 해서 로엔그린 변경백령으로 향하는 도중엔 계속 스즈하가 망을 보기로 했다. 목말을 탄 상태로.

"그런데 스즈하. 계속 신경 쓰였는데 온종일 내 어깨 위에 목말을 탄 채로 망을 계속 보는 건 힘들지 않아? 내려오는 게 좋지 않을까?"

"그렇지 않아요. 오빠도 알겠지만 망을 볼 때는 조금이라도 높은 곳에서 보는 게 훨씬 유리하니까요.”

“뭐 그건 이치에 맞긴 하지만.”

“물론 오빠가 아닌 남성에게 목말을 부탁할 일은 없을 테니 안심하세요.”

“그건 안 물어봤거든.”

뭐가 안심인지는 둘째 치고 스즈하가 어떤 남자 후두부에 서혜부를 밀착시키거나, 어떤 남자 목덜미에 단련된 허벅지를 감거나, 어떤 남자의 정수리가 스즈하의 눈을 의심할 만큼 풍만하게 자란 가슴을 올려두는 장소가 되지 않을 거라는 건 오빠로서 살짝 마음이 놓였다.

난 오빠니까 당해도 상관은 없지만.

게다가 스즈하가 목말을 탄 채 망을 보려고 이리저리 몸을 움직일 때마다 다양한 곳이 흔들리고 스치고 눌렸다.

만약 이게 여동생이 아니었다면 힘들었겠지.

——그리고.

그런 스즈하의 치마를 휙휙 잡아당기고 있는 건 유즈리하 씨.

“있잖아, 스즈하. 슬슬 나랑 교대하지 않을래?”

“싫어요. 그보다 유즈리하 씨, 왜 오빠를 따라온 거예요? 저랑 오빠가 향하는 목적지는 오빠의 영지일 뿐, 사쿠라기 공작가와는 관계없을 텐데요?”

“뻔한 얘기지. 난 스즈하의 오라버니의 유일무이한 파트너니까, 가문보다 파트너의 등을 지키는 게 더 중요하잖아?"

"도저히 대귀족이 할 말이라고는 생각할 수 없는데요?"

"아버님께서 흔쾌히 보내주셨어. 뭐, 스즈하의 오라버니가 바야흐로 우리 나라에서 가장 큰 주목주가 아니었다면 그렇게 쉽게 보내주시지 않았겠지만."

"……오빠랑 같이 있는 게 공작가에게 최선이라고 판단한 건가요……?! 크윽, 명예를 버리고 실리를 택한다는 게 정말이지 이런 것……! 정말 대귀족이라는 인종은 철저하게 빈틈이 없군요……!"

무슨 말인지 잘 모르겠지만 유즈리하 씨가 우리와 로엔그린 변경백령으로 향하는 이유를 스즈하는 납득한 듯했다.

나도 그게 의문이었는데.

유즈리하 씨에게 물어보니 풀 죽은 얼굴로 '난 그대와 같이 가고 싶은데 안 될까……?'라고 했기에 그 이상은 물어볼 수 없었지만.

그건 그렇고.

웬일인지 의기양양한 얼굴의 유즈리하 씨가 날 바라보며 만면에 미소를 가득 띤 채 말을 건넸다.

"있잖아, 그대도 말해줘. 나에게 목말을 양보해야 한다고."

"절대로 안 됩니다."

"어째서어어어어어어어?!"

이유가 어쨌든 그건 안 돼요.

지금 나에게 밀착해 목덜미를 꾸욱 압박하고 있는 포동포동한 허벅지의 감촉이나, 머리 위에서 고무공처럼 튀어 올랐다 때로는 망치처럼 내리찍는 두 개의 특대 멜론이나, 무엇보다 등 뒤에서 풍겨오는 여자 특유의 감귤 계열의 향기가 만약 유즈리하 씨의 것이었다면 제가 참는 게 힘들 테니까요.

어떻게 에둘러서 설명할지 고민하고 있는데――.

"아. 스톱, 유즈리하 씨."

"왜 그래?"

"덫입니다."

"……어디?"

"여기예요."

지면의 색이 미묘하게 다른 부분을 내가 가리키자 유즈리하 씨는 몇 번이나 응시한 후 겨우 납득하고 손뼉을 쳤다.

"잘 찾았네. 이런 건 그대 말고는 절대 모를 거야."

"저도 지면의 색만 달랐다면 몰랐을 겁니다. 마력의 흐름이 부자연스러워서 어쩐지 찾을 수 있었지만."

"그런 식으로 찾아낼 수 있는 건 그대뿐일 것 같은데……?"

신중하게 파내자 거기에는 교묘하게 위장된 설치형 마법진이.

"……사냥꾼이 설치했을까요?"

"여기 일대는 얼마 전 전쟁에서 전장이 됐던 곳이야. 다만 이전 왕자들이 이끄는 우리 나라 군대는 호되게 당해서 싸움이 되지 않았던 것 같지만……그때 설치된 마법진이 남아있을지도 몰라.”

“그럼 처리할까요?”

“으음. 그게 좋겠지.”

사냥꾼이 설치한 덫이라는 가능성도 생각했지만 사냥꾼이라면 마법 덫 따위 쓰지 않는다는 게 유즈리하 씨의 답변.

그렇다면 처분해야겠지.

만일을 위해 충분히 떨어진 곳에서 돌을 덫에 던져 가동시켰다.

“에잇.”

지이이이이이이이이이이이이이이이이이이이잉!!

상상했던 것보다 100배 정도 큰 폭발이 일어났다.

너무나도 큰 폭발에 스즈하도 유즈리하 씨도 폭발로 생긴 바람에 치마가 뒤집어지는 것도 상관하지 않고 그 자리에서 굳어버리고 말았다.

연기가 사라지자 지면에는 직경 20미터 정도의 분화구가 생겼다.

“……저, 저기, 오빠……?”

“틀림없이 사냥꾼의 덫은 아니었네…….”

"당연하지. 저런 덫에 걸리면 어떤 짐승이든 고기 조각 하나 남김없이 날아가 버릴 테니. 그건 그렇고……."

웬일인지 등 뒤에서 유즈리하 씨가 날 꽈악 끌어안고 있었다.

유즈리하 씨의 아주 풍만한 가슴 부분이 짓눌려 내 등 전체로 감촉이 퍼졌다.

"오늘 또 그대가 날 살렸어……후후훗."

그건 아니라고 말하고 싶었다.

왜냐하면 내가 없었다면 애초에 유즈리하 씨는 이런 장소에 없었을 테니까.

다만 그걸 지적했다간 유즈리하 씨가 '그대는 정말 분위기 파악을 못 하는 남자야! 그런 점이 문제라고!'라며 울먹이면서 혼내는 미래가 그려졌기 때문에 입 다물고 있기로 했다.

3

들을 넘고 산을 넘어 우리가 겨우 도착한 곳은 작은 역참 마을이었다.

"이 역참 마을을 넘은 곳부터 로엔그린 변경백령, 즉 그대의 영지야."

"하지만 유즈리하 씨. 제 영지는 전부 적에게 점령됐죠?"

"그래. 그러니까 지금은 사실상 이 역참 마을이 국경인 거지."

우리는 그런 이야기를 나누며 역참 마을로 들어섰다. 그러자 길 한 가운데에 한 명의 소녀가 서서 이쪽을 빤히 바라보고 있었다.

무표정하고, 지독하게 사랑스러우며, 주변과 완벽하게 겉도는 미소녀였다.

은발의 트윈테일에 갈색 피부. 글래머 로리인 데다 메이드복까지 입고 있다.

굳이 말하자면.

어쩐지 수상쩍은 보석상자 같다.

"오, 오빠? 저건 대체……?"

"쉿. 보면 안 돼요."

긁어 부스럼 만들지 말라.

우리는 여관을 찾는 척하며 극히 자연스럽게 길을 벗어났는데——.

사사삭, 마치 순간이동이라도 한 것처럼 메이드 소녀가 자연스럽게 우리가 가야 할 곳을 막았다.

으으으응?!

"저기, 그러니까——?"

"그 지뢰를 아무 탈 없이 돌파했어……카나데 주인님 검정, 제1차 시험……합격……!"

"무슨 말을 하는지 모르겠는데?!"

"……새로운 주인님. 데리러 왔어."

"아니, 너 움직임이 암살자 그 자체잖아?!"

"……기분 탓이야."

"기분 탓이 아니야! 지금 사사삭 움직였잖아, 사사삭!"

"소리도 없이 주인님 곁으로 살며시 다가온다. 그것이 유능한 메이드."

"진짜야?!"

하지만 듣고 보면 공작가에서 본 메이드도 대개 만능이었으니, 진짜인가……?

"절대로 아닐 거예요, 오빠."

"절대로 아니야. 공작가의 딸로서 단언하겠는데."

"……그런 건 사소한 일. 아무래도 좋아."

뭐, 확실히 유능한 메이드가 어떤지는 제쳐 두고.

"저기, 넌 대체?"

"카나데는 로엔그린 변경백 가문을 모셨던 메이드 중에서 유일하게 살아남은 메이드. 이름은 카나데. 잘 부탁해."

"그랬구나."

"카나데의 신장은 142cm, 체중은 비밀. 쓰리 사이즈는 위에서부터 백——."

"그런 말은 안 해도 돼!!"

"하지만 예전 주인님은 엄청 듣고 싶어 했어."

어리둥절해하는 카나데의 모습에 어떻게 된 일인지 유즈리하 씨를 바라보자, 유즈리하 씨는 아련한 눈길로 말했다.

"그러니까 뭐랄까……로엔그린 변경백 가문 일족은 모두 다 글래머 로리를 정말 좋아했다고 해. 무엇을 감추랴, 나와 토코가 아직 어릴 때도 구석구석까지 핥듯이 가슴 부분을 뚫어지게 쳐다봤다니까."

"우와아……."

"그래도 귀족의 성적 취향 중에서는 좀 얌전한 편이니까……."

"……얌전하지 않은 취향은 대체……?"

"듣고 싶어? 모 귀족이 약 1시간 동안 네크로필리아에 대해 뜨겁게 열변을 토했다는 이야기라든가."

"삼가 사양하겠습니다."

귀족들 취향의 어둠은 깊었다. 정말 잘 모르겠어.

"……그러니까 카나데는 지금부터 새로운 주인님을 모실 거야."

"그래, 그래."

이렇게 우리 일행에 굉장히 강렬한 개성의 메이드 소녀가 참가하게 되었다.

*

카나데의 너무 과한 과잉 속성은 그렇다 치고 유능하다는 건 정말인 듯했다.

"이거. 현재 적군의 점령 상황을 정리한 자료."

여관에서의 작전 회의에서 카나데가 그렇게 말하며 내민 일련의 보고서는 지금 우리가 가장 필요했던 정보 그 자체였다.

"오빠! 적군이 있는 장소와 인원수가 어느 정도인지 자세하게 쓰여 있어요……!"

"각 도시의 피해 상황이나 식량 비축도 조사해놨어!"

"게다가 사령관의 이름이나 풍모에, 그 전략의 경향까지……!"

"엣헴."

칭찬받은 카나데는 얼핏 보기엔 무표정했지만, 으스대며 코끝이 올라가는 게 아마 우쭐해진 얼굴인 듯했다.

"이 정도의 정보가 있으면 작전도 세우기 쉽겠어."

"네, 물론이죠."

"지금까지는 단순히 발견한 적병을 닥치는 대로 날려버리면 될 거라고 생각했는데."

"그건 너무 작전이 없는 거 아닌가요?!"

"농담이야. 단순하고 유효한 작전이지만 그렇게 하면 거리에 괴멸적인 피해가 발생할 테니까. 하지만 이 자료 내용을 보면――."

유즈리하 씨는 고민하듯 턱에 손을 얹었다.
“전쟁이라고 생각할 수 없을 정도로 건물의 피해가 없네. 아마 전투가 벌어지기 전에 우리 나라의 바보 왕자군이 도망쳤겠지.”
“과연.”
“역시 각각의 거리에서 사령부를 직접 습격하는 게 제일일까? 그대는 어떻게 생각해?”
“글쎄요…….”
“나랑 그대 둘이서 쳐들어가면 각각의 거리 사령부를 괴멸시키는 건 누워서 떡 먹기겠지. 물론 그대 혼자서도 낙승이겠지만……나, 난 그대의 등을 지켜야만 하니까! 파트너로서!”
아니, 그건 유즈리하 씨 혼자서도 충분하잖아요.
오히려 내가 거치적거리는 거 아닐까?
하지만 뭐.
“그 작전으로 거리의 피해가 어느 정도로 생길 것 같습니까?”
“거리 중심부가 치명적인 피해를 입는 정도 아닐까? 우리가 타깃으로 삼는 건 사령관이 있는 건물뿐이겠지만 적군에 있는 마술사가 가만히 보고 있을 것 같진 않아. 빗나간 공격 마법에 사령부 주위 건물이 파괴되는 건 피할 수 없겠지.”

"그렇게 하면 주민에게도 피해가 가겠죠?"

"뭐, 다소는. 다만 농성전을 펼칠 경우에 비하면 피해는 현격히 적겠지만."

"전장에서 적병만 상대하는 방향으로 갈 순 없을까요?"

"……그건 어렵겠지. 오거의 대수해 토벌극으로 그대의 능력은 타국에도 널리 퍼졌고 외람된 말이지만 나도 나름대로 유명하니까. 아주 멍청하고 절망적인 실력 차도 모르는 적군 사령관 한두 명 정도는 벌판에서의 전투를 준비했을지도 모르지만, 최소한의 지능이 있다면 자진해서 나서진 않겠지."

"즉 농성전인가요……?"

귀족님의 감성이 어떤지는 모르겠지만.

바로 전날까지 일반 서민이었던 나로서는 전쟁으로 거리의 주민들이 희생되는 건 역시 피하고 싶었다.

게다가 사령부가 접수한 건물은 대부분 그 거리의 상징이며 파괴해도 다시 세우면 되는 그런 게 아니었다.

어떻게 할 수 없을지, 고민하는 나였다.

4 (토코 시점)

토코를 여왕으로 만드는 목적을 이룬 이후에도 부정기적이나마 사쿠라기 공작가에서의 밀회는 이어졌다.

어느 날 늦은 밤.

토코가 자기 집 같은 공작가 당주의 서재로 들어가자 마중을 나온 건 공작 단 한 명뿐이었다.

토코가 두리번두리번 실내를 둘러보며 말했다.

"뭐야, 유즈리하는 없어?"

"……그 멍청한 딸이……."

"뭐야, 뭐야, 왜 그래?"

공작이 침통한 얼굴로 토코에게 편지 한 장을 내밀었다.

"어디, 어디――『전 파트너의 등 뒤를 지키기 위해 여행을 떠납니다. 아버님도 안녕하시길』. 아니, 이게 뭐야?"

"그 멍청한 딸 침대 위에 이 편지가 남겨져 있었네. 그 이후 소식불통이지."

"이건 아무리 봐도 스즈하 오빠를 따라간 거지? 그보다 공작도 용케 허락을 해줬네."

"허락했을 리가 없잖나!"

공작이 관자놀이를 문질렀다.

"그 남자 곁으로 간다고 해도 지금은 너무 시기가 안 좋아. 여왕은 이제 막 즉위했고, 숙청은 끝났지만 잠재적인 반란 분자는 숨어 있는 데다 웬타스 공국과의 전쟁 상태는 아직 지속 중이야! 그런데 국가를 떠받치는 기둥이 되어야 할 공작가의 직계 장녀가 이럴 때 왕도를 떠나면 어쩌자는 거야!"

"뭐, 그렇게 말해주는 건 여왕인 나로서는 기쁘긴 한데."

"그 멍청한 딸은 몇 번이나 그 남자를 따라가고 싶다 했지만 물론 전부 각하했네. 그런데——."

"유즈리하에게는 제대로 설명했어?"

"당연하지. 너무 끈질겨서 『공작가의 딸로서 해야 할 일을 오인하지 마라』라고 일갈까지 했네. 그런데 다음 날 이런 꼴이라니——!"

"과연. 그럼 공작이 잘못한 걸지도 몰라."

생각지도 못한 토코의 말에 공작이 눈썹을 치켜올렸다.

"무슨 뜻인가……?"

"아니, 생각해봐. 지금 이 시점에 우리 나라의 귀족들 모두가 하려는 게 대체 뭐야?"

"그야 당연히 국가 체제를 빠르게 다시 세우고 되도록 유리한 조건에서 웬타스 공국과의 전쟁을 종결시킨 후 여왕의 정권을 안정시키는 일이지."

"삐삐——. 완전 틀렸어."

공작의 열변을 토코가 바로 끊어버렸다.

"그런 건 억지로 책임을 떠맡은 상급 귀족 중 누군가가 하면 된다고 다들 생각하고 있어. 예를 들어 여왕인 나라거나."

"으음……."

"하지만 그런 것보다 먼저 본인의 가문과 영지를 발전시키기 위해 이 타이밍에 귀족들이 직접 움직여야 할 일이 있지. 그러니까 지금 귀족 녀석들은 전부 다 본인들이 그걸 선점하려고 혈안이 되어 있어."

"……그건 여왕의 정권을 안정시키는 것보다 중요한 일인가?"

"상당히 중요하지. 만약 내가 귀족이라 해도 그렇게 움직였을 거야."

"어떻게 움직인다는 것이지?"

"참나, 여기까지 듣고도 모르다니 어이가 없네. 다른 귀족들이 보면 실소를 금치 못할 거야."

맙소사, 어깨를 움츠리며 바로 답을 꺼냈다.

"그야 당연히 스즈하 오빠랑 조금이라도 친해지는 거야."

"……뭐라고……?"

허를 찔린 듯한 공작의 표정.

명백하게 중요하다고는 생각했어도 그렇게까지 중요하다고는 인식하지 못했다고 고백한 것과 마찬가지인 반응이었다.

토코가 옅게 웃으며 말했다.

"사쿠라기 공작가는 그야 처음부터 스즈하 오빠와 아주 친밀했으니 괜찮겠지만. 그 이외의 어느 귀족도 마음속으로 어떻게든 해서 스즈하 오빠와 친목을 다지고 싶다고 진심으로 바라고 있어."

"……."

"당연한 거 아니야? 새 여왕에겐 생명의 은인이자 구국의 영웅, 오거의 이상 번식으로부터 대륙을 구하고 이 나라 무력의 상징인 유즈리하가 완전히 푹 빠진 데다 이웃 나라를 실질적으로 지배하고 있는 아마조네스의 신임도 두터워. 그런데도 여왕인 나와 사쿠라기 공작가 이외에 귀족의 뒷배가 없는 초 울트라 진귀한 물건이라고."

"……하지만 나에게 그 남자를 소개해달라는 이야기는 그렇게 많이 들어오지 않았네……."

"그야 공작에게 스즈하 오빠를 소개해달라고 해봤자 이런저런 이유를 들어 뒤로 미룰 게 불 보듯 뻔하잖아? 그렇다면 본인이 직접 스즈하 오빠와 접촉하는 게 빠르다고 판단하겠지. ――다만 스즈하 오빠가 이미 왕도에 없다는 사실을 알게 되는 순간, 나와 공작에게 소개해달라는 부탁이 무더기로 들어올 것 같은데?"

"……확실히 그렇겠군……."

공작이 납득했다는 얼굴로 끄덕였다.

"난 유즈리하를 타이를 생각이었네만 반대로 동행 허가를 내리고 만 것인가."

"뭐, 유즈리하는 절대로 그렇게 어렵게 생각하진 않았겠지만? 본인에게 가장 중요한 것이라 해봤자 『그건 스즈하네 오라버니의 등 뒤를 지키는 것이다!』라고 진지한 얼굴로 말할 것 같고.”

“그렇다만 결과적으로는 틀리지 않았네. 적어도 이번에는.”

“응? 스즈하 오빠를 놓칠 것 같아서 불안해졌어?”

“……돌다리도 두드려 보고 건너라고 하지 않나.”

“뭐, 이쪽으로서도 안성맞춤이지만. 국가 안녕을 위해서라도.”

“……왜 우리 딸이 그 남자와 함께 있는 게 국가 안녕으로 이어지지?”

“그야 스즈하 오빠와 그 여동생뿐이라면 몰라도 유즈리하도 함께 있다면 그렇게 쉽게 바보 같은 짓을 하려는 귀족도 없을 테니까.”

그렇게 말하며 토코가 바로 진지한 표정을 지었다.

“지금 이 시점에서 우리 나라가 가장 해선 안 되는 일이 뭐라고 생각해?”

“그건……?”

“스즈하 오빠가 우리 나라에 정떨어지게 하는 것.”

“뭐라고……?!”

“내가 가장 무서웠던 건 그거야. 그래서 유즈리하에게 가급적 빨리 왕자 쪽 반란 세력을 때려눕히라고 부탁했어. 그 바보 왕자들에게 붙은 귀족 중에 스즈하 오빠의 중요성을 이해할 만한 지능을 갖고 있는 인간은 한 명도 없었으니까. 설령 귀족의 인원이 급격하게 줄어들어 통치에 적잖이 영향을 준다고 하더라도 스즈하 오빠가 어느 날 어딘가로 떠나버릴 가능성에 비하면 훨씬 나았으니까."

그건 공작조차 처음 듣는 대숙청의 진상.

실제로 토코가 여왕이 될 때 이뤄진 숙청극으로 이 나라의 귀족 8할이 사라졌다.

살아남은 귀족을 공작이 머릿속으로 떠올렸다.

그들은 생각은 제각각이었지만 대체로 우수하고, 누구든 평민을 이유도 없이 바보 취급할 만한 인간은 아니었다.

"하지만 현실적인 문제로 스즈하 오빠의 중요성이 이해됐다고 해도 다른 방향으로 폭주할 가능성은 충분히 있을 수 있어. 만약 귀족 중 누군가가 바보짓이라도 해서, 스즈하 오빠가 실망해서 떠나버린다면 그 순간 우리 나라는 끝이니까."

"……그건……."

"스즈하 오빠는 이 대륙을 오거에게서 구해낸 영웅이고, 유즈리하는 분명 스즈하 오빠 쪽에 붙을 테고, 아마조네스도 격노하겠지. 전부 다 우리 나라를 망하게 하기엔 충분한 조건 아니야?"

"……."

"게다가 그런 상황을 알게 된 이웃 제국들은 틀림없이 우리 나라를 공격하겠지. 먼저 나선 놈이 임자라면서. 나라도 틀림없이 그렇게 할 거야."

"……서면을 보내는 게 좋겠군. 새로운 로엔그린 변경백 가문에 대한 과도한 접촉 경계에 대해."

"이미 준비해뒀어. 뭐, 유즈리하가 곁에 있었다면 스즈하 오빠를 얕본 녀석들을 남김없이 썰어버렸겠지만. 유즈리하는 화나면 무섭거든."

마치 남의 말을 하는 듯한 토코였지만 공작은 알고 있었다.

토코도 진심으로 화나게 만든 상대는 극대마법으로 날려버리고 살점은커녕 뼈조차 남기지 않는다는 것을.

"──뭐, 유즈리하는 됐네. 오늘은 무슨 이야기를 하러 온 것인가?"

"그래, 유즈리하가 없어서 깜빡했어. ──저기, 이건 소문인데."

토코가 공작을 빤히 바라보며 낮은 목소리로 전했다.

"스즈하 오빠를 타깃으로 최고의 솜씨를 가진 암살자가 고용됐다는 정보가 들어왔어."

"뭐라고?!"

"의외라고 할 순 없지만."

"……뭐, 지극히 정공법인 동시에 유효한 수단이지. 지금 그 남자가 암살되면 우리 나라는 대혼란에 빠질 테니."

"그렇겠지. 최악은 정신적으로 망가진 유즈리하가 미쳐

서 전력에서 완전히 빠지고 타국의 공격을 받아 허무하게 디 엔드라는 느낌으로 끝나는 거야."

"하지만 암살이 그렇게 잘 될 것 같지도 않은데."

어쨌든 스즈하의 오빠는 혼자서도 괴물처럼 강한 데다 바로 옆에는 스즈하와 유즈리하도 있었다.

어떻게 암살하겠다는 것인지 공작이 의문스럽게 생각하는 것도 당연했다.

하지만.

"그게 그렇지도 않은 모양이야."

"음……?"

"어디까지나 소문이지만 그 최고의 암살자가 정말 진짜로 실력이 좋아서. 한번 노린 사냥감은 절대로 놓치지 않고 한번 실패한다 해도 마지막에는 반드시 숨통을 끊어놓는다던데."

"흐음……."

"그래서, 그 암살자가 그 옛날 유즈리하를 노렸다 실패해서 이번에는 그걸 저지한 스즈하 오빠를 노린다는 소문도 있어."

"……그건……단순한 소문이겠지……?"

"소문이라고 하기엔 아주 구체적이니까 문제지. 게다가 왠지 이치에 맞는 것도 같고."

농담이 아니라는 걸 깨달은 공작의 등 뒤에 끈적거리는

땀방울이 맺혔다.

이미 여기까지 오면 스즈하의 오빠와 공작가는 운명공동체.

만에 하나라도 스즈하의 오빠가 죽으면 공작가 또한 치명적인 대미지를 입는다.

적어도 유즈리하가 쓸모없어지는 건 틀림없겠지.

그리고 공작가도 끝. 정말 문자 그대로 끝이다.

——그런 상상을 하며 몸을 부르르 떠는 공작의 속마음이 토코에게는 손바닥 보듯 훤히 다 보였다.

왜냐하면.

공작가를 왕가, 혹은 국가로 바꾸면 그대로 자기 자신에게 딱 들어맞으니까.

"……그 암살자의 구체적인 정보는 없나?"

"있을 리가 없잖아. 상대는 최고의 암살자라고."

"그건 그런가."

"그래도 뭐, 단편적인 소문은 들었어. ——들은 말로는 은발에 트윈테일, 그리고 요정처럼 귀여운 어린 소녀로 말이 별로 없다던데."

"……."

"그리고 엄청난 글래머에 갈색 피부, 메이드 차림이었다는 것도 있었던가?"

"……그 정보가 전부 맞는다면 그 암살자는 은발 트윈테일에 말 없는 갈색 피부 글래머 로리 미소녀 메이드라는 게 되는군."

"그렇겠지."

"바보 같아. 그건 정보라고 할 수도 없어. 그런 암살자가 있을 리가 없잖나."

"내 잘못 아니야! 그런 정보밖에 안 모였다고!"

"왕가의 정보망을 갖고서도 암살자의 정체는 전혀 짐작을 못 한다는 것인가……."

애초에 최고의 암살자의 특징 따윈 알 수 있을 리가 없다고 토코는 생각했다.

정체를 파악할 수 없기에 유능하다고 할 수 있지.

공작도 기대하고 물은 건 아닐 것이다.

그런 것보다 암살을 막는 것 자체가 중요했으니까.

"그래서? 어떻게 할 생각인가?"

"스즈하 오빠니까 어떻게든 해줄 거라고 믿고 싶은데. 우리가 할 수 있는 일이라면 스즈하 오빠나 유즈리하, 아마조네스에게 정보를 흘리는 것 정도일 거야……."

"과잉반응이 걱정이군."

"그러니까. 유즈리하는 그렇다 쳐도 아마조네스에게 알려지는 날에는 스즈하 오빠를 보호한다는 명목으로 아마조네스 마을로 데리고 가서 그대로 아마조네스의 왕으로 강제 즉위시킬지도 몰라."

"그럼 본인에게만 전할까?"

"그 정도면 되겠지. ……내 목숨을 구해준 은인에게 그 정도밖에 못 한다니 엄청 분하지만……."

"안달하지 말게. 은혜를 갚을 기회는 반드시 올 테니, 지금은 그를 믿어야지."

"응……."

마음을 진정시키기 위해 준비되어 있던 와인을 마시는 토코를 향해 공작이 덧붙이듯 말했다.

"……이건 공작이 아닌 한 명의 남자로서의 충고인데."

"뭔데?"

"처음을 바치고 싶다면 서두르는 게 좋겠어."

"푸흡――?!"

"여왕이 됐지 않나. 보기 흉하게 내뿜지 말게."

"가, 가가가, 갑자기 무슨 소리야?!"

"자국뿐만 아니라 타국에서도 주목할 정도의 남자라면 언제 무슨 일이 생길지 몰라. ――그대는 쿠데타로 재상에게 죽을 뻔했을 때 본인이 처녀라는 사실을 후회했다고 말하지 않았나."

"그건! 내가 좀 더 미인계를 이용했다면 여러 가지로 고생 안 했을지도 모른다는 생각에!"

"난 어릴 때부터 알고 있네. 그대가 그 정도로 얼간이는 아니야."

"뭐뭐뭐뭐."

"그대는 호감이 가는 남자에게 정조를 바치지 못했다는 그 사실을 한탄하고 있던 것이야. 그대가 어떻게 생각하고 있었다 해도."

"바, 바바바, 바보 같은 소리 하지 마!!"

그렇게 부정하는 토코는 아마 태어나서 지금까지 중 가장 얼굴이 새빨개졌을 것이다.

그 사실을 스스로도 알고 있었다.

5

메이드인 카나데와 만난 그날 밤, 난 침대에서 뜬눈으로 밤을 지새우며 몇 번이나 생각을 정리했다.

잠이 안 와.

여관방 침대 속에서 난 어떻게 해야 좋을지 계속 고민했다.

"으――음……."

평범하게 생각하면 유즈리하 씨가 말한 작전이 제일이겠지.

유즈리하 씨라면 수만 명의 병사라도 쫓아낼 수 있을 것이다.

그건 순전히 사실이었다.

유즈리하 씨는 일대일에서도 괴물처럼 강하지만 일대다일 때 진가를 발휘한다. 여하튼 살육의 전쟁 여신(킬링 가디스)이라는 별명을 대륙에 떨치고 적국에서 사신처럼 두려워하는 사람이니.

나도 오거의 대수해에서 변종 오거를 삼 일 밤낮으로 쓰러뜨린 유즈리하 씨를 목격했다.

설마 거리를 점령하고 있는 적병들이 변종 오거 무리보다 강하진 않겠지.

그리고 이쪽 전력을 생각하면 직접 적의 사령부를 치는 게 제일.

평소처럼 싸우면 유즈리하 씨가 두려워 적은 농성전으로 버틸 것이다. 그렇게 되면 주민의 피해는 점점 확대될 거라는 사실도 쉽게 예상할 수 있었다.

하지만.

"사령부를 직접 쳐도 영지민의 피해는 피할 수 없어……."

마냥 깨끗한 전쟁은 불가능하다는 걸 머리로는 알고 있었다.

하지만 가능한 한 일반 시민의 피해를 줄이고 싶다는 마음이 정말 강했다.

분명 나 자신의 마음이 평민이라 그렇겠지.

최근 어쩌다 귀족이 되어버린 나였지만 평민 출신인 건 평생 변하지 않는 법.

"응……?"

침대에 누워 눈을 감고 생각하고 있는데 천장 위에서 기척이 느껴졌다.

뭐지?

그대로 자는 척하며 실눈을 뜨고 상황을 지켜보았다.

머지않아 천장의 판자가 소리도 없이 벗겨지며 누군가가 방 안으로 숨어들었다.

누구지?

유즈리하 씨를 노린 암살자가 실수로 내 방에 들어온 건 아닐까.

"……잘 자네."

내 침대 옆에 메이드복 차림의 카나데가 서 있었다.

왜 카나데가 천장 위에서 침입한 것인지 전혀 알 수 없었다.

지금부터 어떻게 할 생각인지 궁금해하면서 계속 자는 척을 하고 있자 카나데가 전혀 예상하지 못했던 행동을 보여주었다.

자신의 메이드복을 벗기 시작한 것이다.

"……단추가 가슴 때문에 안 튕겨 나가게……주인님이 깰 거야……."

간신히 들릴 정도의 혼잣말을 중얼거리며 카나데가 신중하게 블라우스 단추를 풀었다. 눌려 있던 발육 과잉의 로리 폭유가 해방돼 출렁거리며 흔들렸다.

이어서 카나데가 치마 단추를 풀자 치마가 바닥으로――.

"잠깐, 카나데?! 대체 뭐 하는 거야?!"

"……아. 깼다."

"깼다는 무슨! 천장 위에서 내 방으로 숨어들어서는 갑자기 옷을 벗고, 대체 무슨 짓이야?!"

"……그러니까……밤 시중?"

"밤 시중 같은 건 한 번도 부탁한 적 없는데?!"

"그렇지 않아. 섹시한 은발 트윈테일 글래머 로리 미소녀 메이드가 주인님 밤 시중을 드는 건 귀족의 상식. ……미리 말해두겠는데 결코 주인님을 가슴 사이에 끼워놓은 독바늘로 암살하려던 게 아니야. 결코."

"왜 되풀이하는데?! 오히려 수상하잖아!"

"중요한 말이라 두 번 했어."

계속 평민이었던 나로서는 귀족 사회의 상식이 너무 의미 불명이었다.

그리고 그 이외에도 침입 방법부터 태클 걸 부분이 아주 많았다.

"애초에 왜 그냥 문으로 안 들어왔어?!"

"……저 문에는 세공이 되어 있어. 스즈하나 유즈리하에게 들키지 않고 출입하는 건 어려워."

"뭐? 진짜?"

"진짜."

몰랐어.

내가 모르는 곳에서 스즈하인지 유즈리하 씨인지 모르겠지만 나의 안전을 신경 써준 거겠지. 감사 인사를 해야겠어.

"하지만 그렇다고 천장 위에서 나올 필요는 없잖아."

"……그렇지 않아. 카나데는 메이드, 메이드의 일이라면 청소."

"뭐어?"

그러고 보니 암살도 흔히 청소라고 하지. 딱히 관계는 없지만.

"그리고 청소라면 천장 안. 그래서 카나데는 천장 안을 아주 잘 알아."

"그런 거였어?!"

"물론이지. 게다가 이 여관뿐만 아니라 어떤 저택의 천장 위든 카나데에게 걸리면 뜰이나 마찬가지."

"대단한 메이드님!"

"우후훗."

무표정했지만 또다시 코끝을 벌렁거리며 뽐내는 카나데.

이 아이는 잘 드러나지 않을 뿐, 사실 표정이 풍부하구나.

"――아니, 카나데, 잠깐만."

"왜?"

"어떤 저택 천장 안이든 청소할 수 있다고 했어?"
"응."
"정말 어떤 저택이든?"
"……카나데의 메이드 정보망을 얕보지 마. 시간을 조금만 주면 어떤 저택 천장 안도 조사해올 수 있어."
"확실히 아까 받은 각 도시의 정보량도 굉장했지."
――만약 그게 사실이라면.
이걸로 길이 보였다.
어떻게 최대한 시민의 피해를 줄이고 적군이 점령한 도시를 되찾을지.
그 작전의 키는 메이드인 카나데가 쥐고 있었다.

*

다음 날 아침 식사 후.
모두와 함께 방으로 돌아온 나는 하룻밤에 걸쳐 짜낸 작전을 설명했다.
"――뭐라고? 각 도시에 있는 사령관 침실을 습격해 납치하겠다고?"
"그게 무슨 말이에요, 오빠?"
두 사람이 이해할 수 없다는 표정을 짓는 것도 당연했기에 순서대로 설명했다.

“카나데와 이야기하다 우연히 알게 됐는데 카나데는 어떤 저택 천장 안이라도 정보를 갖고 올 수 있대. 그래서 그걸 활용하려고.”

“하지만 오빠, 일개 메이드에게 왜 그런 특기가……?”

“그래. 그런 건 일국의 톱 암살자 길드의, 게다가 에이스도 아닌 한 손에 넣을 수 없는 정보일 텐데……?”

스즈하는 물론 유즈리하 씨까지 복잡한 얼굴로 고개를 갸웃거렸다.

그 정도로 우리 메이드인 카나데는 우수하다는 뜻이겠지.

어쨌든 사쿠라기 공작가의 아주 우수한 메이드를 알고 있는 유즈리하 씨조차 반신반의했으니까.

“……그렇다 해도 그 이야기가 사실이라면 그대가 꺼낸 작전은 최선일 거야.”

“그렇겠죠. 보통은 천장 안 정보 같은 게 있어 봐야 잇따라 침입하는 건 도저히 불가능하겠지만 오빠라면――.”

“어쨌든 그대는 왕성 하수구로 숨어들어 인질이 된 왕녀를 구해낸 남자니까. 그에 비하면 고작 한 도시의 사령관을 연속해서 납치하는 정도는 낙승이라 할 수 있지.”

“그렇죠. 게다가 오빠라면 만에 하나 발견된다 하더라도 목격자 전원을 쓰러뜨리면 되고.”

“그런 짓 안 해!!”

두 사람의 반응 방식이 좀 걸렸지만 작전 자체에는 동의

한 것 같았다.

"그럼 그렇게──."

"……주인님."

"왜 그래?"

"카나데, 열심히 정보를 수집할게. 그러니까 특별 보수를 줘."

뭐, 당연한 말이겠지.

이번 일은 어떻게 생각해도 평범한 메이드의 업무 내용에서 크게 벗어나 있었다.

게다가 어제 점령된 도시 정보를 갖고 와준 몫도 있고.

"좋아. 뭘 원해?"

"……주인님과 진심으로 싸우고 싶어. 힘 조절 없이. 마음껏."

그런 카나데의 소원을 들은 순간.

"호오──(치이잉)."

"흐음──(우드득)."

유즈리하 씨가 살기를 일렁이며 칼을 뽑으려 했고 스즈하는 사나운 미소를 띠며 손가락뼈를 소리가 나도록 꺾고 있었다.

두 사람 다 연하의 메이드를 상대로 뭐 하는 거야?!

"잠깐만, 두 사람 다 스테이. 그보다 카나데도 그런 걸로 괜찮겠어? 난 제대로 된 병사도 아니고 전투 초보인데?"

"새 주인님은 굉장히 재미있는 농담을 하네."

"아니, 농담이 아니라……뭐, 카나데가 그걸로 괜찮다면 상관없지만."

나도 아마추어지만 카나데도 메이드였다.

처음 만났을 땐 발놀림이 암살자 같아서 놀랐지만 무예는 아마추어.

그렇다면 딱 좋을지도 모른다.

그렇게 납득하는 내 옆에서 스즈하와 유즈리하 씨가 소곤소곤 서로 속삭였다.

"……하지만 오빠에게서 풍기는 절대강자의 오오라를 느끼다니, 이 메이드, 보통내기가 아니에요……!"

"……그래도 스즈하의 오라버니에게 싸움을 거는 건 악수야. 일방적으로 얻어맞고 프라이드가 분쇄될 때까지 엉망이 된 후 본인이 그저 나약한 소녀라는 사실을 영혼 깊은 곳까지 새기게 될 뿐이라고. 아마조네스의 정점조차도 그랬으니까……!"

"……그러고 보니 유즈리하 씨도 처음에 오빠한테 싸움을 걸었죠……?"

"……그, 그건 어쩔 수 없었잖아! 그렇게 싸울 보람이 있을 만한 괜찮은 남자를 발견하고 가만히 있을 순 없으니까! 그리고 그 정도로 강할 줄은 상상도 못 했고……!"

"……오빠는 언동이나 분위기가 강해 보이지 않으니까

처음 보면 아무래도 전투력을 과소평가하게 되죠. 그래서 다들 때려눕힐 수 있다고…….”

무슨 말을 하는지는 들리지 않았지만 두 사람의 태도로 왠지 내 욕을 하고 있다는 건 알 수 있었다.

*

그 이후 거리를 벗어나 평원에서 날이 저물 때까지 카나데와 힘껏 싸웠다.

카나데는 뭐랄까, 메이드라고는 생각할 수 없을 만큼 강했다.

얼마나 강했냐 하면, 얼마 전까지의 스즈하를 상대했다면 어쩌면 이기지 않았을까 할 정도였다.

“……이……이……!”

“아니, 메이드가 주인과 싸운 뒤에 충성을 맹세하는 것도 그 뭐지, 그래. 싸우면서 생긴 우정 비슷해서 좋은 거 같아――. 그렇지?”

“왜……안 맞지……? 크윽……!”

“아니, 카나데의 바늘엔 독이 묻어 있으니까 맞으면 죽잖아.”

카나데의 가장 위험한 공격은 도저히 눈으로 보기 힘든 가는 바늘.

그걸 굉장한 스피드로 정확하게 급소를 향해 던졌다.

피하면서 어딘가 낯이 익다고 생각했는데, 이전에 화이트 헤어드 뱀파이어 개선 파티에서 유즈리하 씨가 암살자로부터 위협을 받았을 때였다. 그때 그 바늘도 이 정도로 가늘고 날카롭고 위험했다.

그렇다면 암살자만큼 예리한 공격을 펼치는 카나데는 굉장히 대단한 메이드라는 이야기가 되는데.

문득 돌아보니.

스즈하와 유즈리하 씨가 초원에 앉아 야외 다과회 스타일로 차를 마시며 우리의 싸움을 관전하고 있었다.

"——그럼 해설 담당인 유즈리하 씨. 카나데의 전투 스타일은 기본적으로 암살자의 것이라는 뜻인가요……?"

"맞아. 메이드가 호신술이나 암살 기술을 익히고 있다는 건 매우 드문 이야기야. 게다가 저렇게까지 전투력 높은 메이드는 들은 적이 없어……."

"아앗. 메이드 카나데, 바늘 던지는 시늉을 하며 페인트 점핑 니킥!"

"그리고 더블 돌려차기 콤보……평범한 기사라면 지금이 공격으로 3번 즉사했겠지. 점핑 니킥으로 가슴에 구멍이 뚫리고 돌려차기로 머리와 몸통이 날아가고."

"하지만 카나데의 공격도 오빠에게는 전혀 효과가 없어요! 무방비한 채로 받아내며 여유로운 미소까지!"

"이럴 수가, 진심으로 마음이 부서질 것 같아……. 노 가드인 상대에게 온 힘을 다해 공격했는데 마치 벌레에 물린 것처럼 아무 대미지가 없다니……아아아아아아아아아아."

"유즈리하 씨? 해설 중에 기죽으면 안 돼요."

……뭔가 즐거워 보여서 내버려 두기로 했다.

그리고 결국 나랑 카나데의 싸움은 해가 저물 때까지 이어졌다.

드디어 만족한 듯 카나데가 눈을 반짝거렸다.

"틀림없어. ——카나데의 진짜 주인님, 드디어 찾았다."

마치 고양이처럼 바짝 다가와서 머리를 쓰다듬어주자 카나데가 내 가슴팍에 머리를 가져다 대며 행복하다는 듯 갸르릉거렸다.

어쨌든 즐거웠던 것 같아 다행이었다.

6 (웬타스 여대공 시점)

웬타스 공국의 궁전 안.

공국 톱인 아야노 폰 웬타스 여대공은 평온한 오후의 한때를 보내고 있었다.

"대공님. 푸딩 하나 더 드시겠습니까?"

"으——음, 하지만 이 이상 먹으면 살찔 텐데……."

집무실 서류에 둘러싸인 채 푸딩의 유혹에 흔들리던 아

야노는 신분을 모르면 어디서나 볼 수 있는 소녀 그 자체.
외모는 극히 평범. 잘 보면 나름대로 귀여웠다.
가슴은 작은 편. 스타일은 좀 통통한 편. 하반신은 순산형으로 다리는 두꺼웠다.
최근 뱃살이 약간 잡히는 걸 남모르게 신경 쓰고 있었다.
"그럼 홍차를 한 잔 더 드릴까요?"
"응, 그래. 고마워."
정말이지 마을 소녀 같은 풍모, 입장이 아래인 인간에게도 정중한 언동.
그런 아야노가 대륙을 대표하는 대국인 웬타스 공국의 정점에 군림하고 있는 모습을 처음 알현한 사람은 일단 틀림없이 깜짝 놀란다.
그리고 그 사실은 아야노 본인에게도 콤플렉스였다.
(토코랑은 동갑인데……오오라부터 얼굴, 스타일, 마력까지 전부 웃음이 나올 정도로 적수가 안 되지…….)
웬타스 공국과 이웃 나라인 드로셀마이엘 왕국은 기본적으로는 적대관계였지만 24시간 계속 긴장 상태인 건 아니었다.
때로는 일시적으로 화평을 맺거나, 그렇게까지 가지 않아도 포로 교환식이나 왕족의 관혼상제의 참석 등으로 왕족과 만날 기회는 있었다.
——바로 몇 년 전 일이었다.

승리할 가망이 있었던 드로셀마이엘 왕국과의 전쟁이, 살육의 전쟁 여신이라는 별명으로 불리는 단 한 명의 소녀에 의해 역으로 패배하고 군의 상층부에 숙청의 광풍이 불었던 그때.

전쟁 반대파에 의해 당시 아직 공녀였던 아야노는 이웃나라 왕자와의 결혼 때문에 끌려간 적이 있었다.

처음 만난 드로셀마이엘 왕국의 왕자 두 사람은 아야노를 보자마자 「뭐야, 이 시골 소녀는」이라고 지껄였고 아야노는 「아니, 외모가 별로라는 건 나도 알고 있지만 눈앞에서 굳이 말할 것까진 없잖아……!」라고 충격을 받았다.

하지만 회복할 수 없을 만큼 깊은 트라우마가 생긴 건 그 이후의 일 때문이었다.

"──정말 미안해. 이런 말 하는 건 좀 그렇지만 우리 오빠들은 완전 바보들이야. 그러니까 신경 안 썼으면 좋겠어."

이렇게 말하며 위로하는 왕녀와 그 친구 때문에 아야노는 이번에야말로 진심으로 박살 나게 됐다.

어쨌든 거기 있던 토코와 유즈리하에게선 바보 왕자 두 사람과 달리 최상위 귀족의 지배자 오오라가 놀랄 정도로 풍기고 있었다.

외모는 그야말로 여신.

스타일도 완벽하고 특히 다리는 엄청 길고 가슴은 죽을 만큼 컸다.

아야노는 얼마나 스스로가 신분이 전부인 평범한 여자 아이인지를 절망할 만큼 깨달았다——.

"……대공님, 웬타스 대공님? 왜 그러십니까?"

"아니, 아무것도 아니야. 옛날 생각이 좀 나서."

그 두 사람이 있는 드로셀마이엘 왕국을 적으로 두고 멍하니 있다가는 우리 나라는 분명 끝이라고 확신한 아야노는 그 이후 어쨌든 노력했다.

다행히 아야노에겐 군사와 정략에 재능이 있었다. 적어도 다른 귀족들보다는.

아야노는 근위사단대장과 군본부총장이 되었고 아버지인 대공과 다른 형제가 차례차례 전사하는 와중에 어느샌가 새로운 여대공이 되었다——.

그리고 최근, 이웃 나라에 심어뒀던 계략이 드디어 결실을 맺었다.

왕자파와 왕녀파가 반으로 갈라진 쿠데타 극.

그 틈을 이용해 타국 입장에선 오히려 침략당한 것처럼 보이는 전쟁을 시작한 웬타스 공국은 마침내 국경과 인접하는 로엔그린 변경백령을 모조리 지배하기에 이르렀다.

(로엔그린 변경백령은 금광, 다이아 광산, 그리고 미스릴 광산까지 있는 지하자원의 보고……! 그 토지를 손에 넣는 것이야말로 우리 웬타스 공국의 오랜 비원이었

어……!)

역대 로엔그린 변경백이 왕가에 제대로 된 보고도 하지 않고 낭비해왔기 때문에 토코 새 여왕은 모르겠지만 적대국으로서 오랜 세월에 걸쳐 첩보 활동을 이어온 웬타스 공국은 그 가치를 정확하게 파악하고 있었다.

언뜻 보기엔 벽지 시골인 로엔그린 변경백령.

하지만 그 실태는 웬타스 공국 모든 땅과 교환해도 남는 장사일 만큼 가치가 있는 정말 보물창고 같은 영토였다.

물론 웬타스 공국의 상급 귀족은 그 사실을 알고 있기 때문에 현재 로엔그린 변경백령을 점령하고 있는 사령관은 모두가 유력 귀족의 당주, 혹은 그 후계자였다.

아야노로서는 로엔그린 변경백령이라는 너무나 맛있는 과실을 어떻게 부하 귀족들에게 나눠줄지 사치스러운 고민에 머리가 아팠지만…….

"대공님! 큰일입니다!"

안색을 바꾸고 집무실로 뛰어 들어온 군사대신이 웬타스 여대공의 온화한 시간에 종말을 고했다.

"무슨 일입니까, 대신."

"로, 로엔그린 변경백령을 점령하고 있던 도시 사령관들이――한 명도 빠짐없이 행방불명되었습니다!!"

"……네?"

군사대신이 가져온 소식을 아야노는 금방 이해하지 못

했다.

"그건 대체 무슨 뜻이죠?!"

"그게, 뭐라고 말씀드려야 할지……불과 며칠 사이에 각 도시에 있던 사령관만 마치 종적을 감춘 것처럼 사라졌다는 보고밖에……!"

"대신! 그 정보, 증명은 됐나요?!"

"현재, 조속히 확인하고 있는 중입니다……!"

오로지 넙죽 엎드린 대신을 의식의 끝으로 밀어내고 아야노는 필사적으로 머리를 굴렸다.

——솔직히 도시 사령부 한둘이 파괴되는 것까지는 예상하고 있었다.

어쨌든 적국에는 살육의 전쟁 여신이 있으니까.

하지만 웬타스 공국군의 저항은 드로셀마이엘 왕국 측이 예상하는 것보다 훨씬 가열하고 성가셨을 것이다.

왜냐하면 이쪽은 로엔그린 변경백령의 정확한 가치를 알고 있고 그쪽은 모르니까.

그리고 사령관은 만약 본인이 패배하면 로엔그린 변경백령에서의 권리와 이익이 무엇 하나 돌아오지 않는다는 사실을 이해하고 있는 유력 귀족. 이른바 패배는 죽음과 똑같았다.

설령 개인 재산을 아낌없이 내놓는다 해도 죽을 생각으로 싸우려고 했을 게 분명했다.

게다가 적국에 있는 살육의 전쟁 여신은 정이 깊고, 귀족이라는 입장에서 말하자면 무르다는 것도 아야노는 알고 있었다.

적병을 섬멸할 순 있어도 영지의 평민을 말려들게 해서 분별없이 죽여 버리는 그런 타입은 아니었다.

따라서 도시를 2, 3곳 탈환한 시점에 생긴 너무나 큰 피해에 그 이상의 반격을 단념——할 것이라는 게 웬타스 여대공의 수읽기였다.

하지만.

(만약 거기까지 이해한 적국 측이 사령관만을 저격했다면——?!)

얼굴이 새파랗게 질린 아야노에게 한층 더 안 좋은 소식이 날아들었다.

이번에는 외무대신이 넘어질 듯한 기세로 달려와 이렇게 고했다.

"대공님! 새로 로엔그린 변경백을 자칭하는 자로부터 이런 서신이!"

쿵쿵 안 좋은 예감이 드는 아야노가 주저하면서도 서신을 받아들었다.

예감은 최악의 형태로 맞아 들어갔다.

그 내용은 행방을 감춘 사령관 모두의 신병이 새로운 로엔그린 변경백에 의해 확보되었다는 것.

그리고 변경백령에서의 전군 철수와 맞바꾸어 사령관들을 상처 없이 인도하겠다는 것이 명기되어 있었다.

“이, 이건……!”

“왜 그러십니까, 대공님?”

“……못 봤다는 척은 못 하겠죠……?”

“분명 불가능하겠지요…….”

외무대신의 말에 어깨를 털썩 늘어뜨린 아야노.

어쨌든 납치된 사령관들은 모두 다 유력 귀족의 당주나 후계자들.

이미 죽었다면 몰라도 우리가 죽게 놔둘 순 없었다.

아니, 이게 한두 명이라면 죽게 놔둘 수 있었을지도 모르지만 이번에는 너무나도 수가 많았다.

죽게 놔두면 유력 귀족 대부분을 적으로 돌리게 될 것이다.

“이럴 바에야 적이 모두 죽여 버리는 게 훨씬 낫겠군요…….”

외무대신의 냉담하게 들리는 말에 아야노 또한 내심 동의할 수밖에 없었다.

아주 노골적인 말이었지만 적의 손에 걸려 전사했다면 권력의 승계가 일어난다.

하지만 포로라는 건 굉장히 어중간하게 성가셨다.

만약 이 정도 숫자의 당주를 죽었다고 치고 교체시킨다

해도 그 이후에 아무 상처 없이 돌아오면 내전 발발은 피할 수 없다. 가능할 리가 없다.

"……대공님, 이 제안은 어떻게 하실 겁니까……?"

"잠깐만, 아직 조금 더 기다려주세요!"

궁지에 빠진 것처럼 보이는 아야노였지만 딱 하나 희망의 빛이 보였다.

그건 서신의 상대가 새로운 로엔그린 변경백이라는 사실이었다.

아야노는 새로운 로엔그린 변경백을 아직 변경백이 되기 이전부터 조사했고, 그 결과로 살육의 전쟁 여신과 견줄 수 있을 만한 위험인물이라고 판단해 대신들에게도 충분히 경계하도록 촉구했었다.

그리고 그 위험인물이 로엔그린 변경백령의 새로운 당주가 된다는 정보를 얻었을 때 독단적으로 암살자를 보냈다고 수석비서관에게 보고를 받았다.

그것도 확실하게 암살을 성공시키고 만에 하나라도 사태가 탄로 나지 않도록, 거금을 지불해 웬타스 공국 최대의 암살자 길드 안에서도 최강의 에이스를 투입시켰다고 했다.

사후 보고를 받은 당시에는 역시 암살자까지 보내지 않아도 괜찮았을 것 같다고 남몰래 눈살을 찌푸렸지만 지금에 와선 암살 성공을 빌 수밖에 없었다.

새로운 로엔그린 변경백만 죽으면 한 번에 상황이 바뀌는 날은 온다……!

그렇게 필사적으로 빌던 아야노에게 거듭 타격을 주는 보고가 날아들었다.

"대공님! 암살자 길드가 궤멸됐습니다!"

"네에?!"

"길드 건물 내에는 길드장이나 간부를 포함한 구성원이 한 명도 남김없이 죽어 있었습니다! 그리고 길드장 책상 위에 메모가 한 장 남겨져 있었다고 합니다!"

아야노가 떨리는 손으로 남겨졌다는 메모를 받아들었다.

그곳에는 정말이지 어린애 같은 글자로 단 한 줄만 적혀 있었다.

『진짜 주인님, 찾았어. 굿바이.』

"뭐, 뭐뭐뭐, 뭡니까, 이게――!"

"흐음……이건 어쩌면 길드 탈퇴장 아닐까요? 하지만 암살자 길드에서의 탈퇴는 죽기라도 하지 않는 한 인정되지 않을 텐데요."

"그건 알아요!"

그래. 옆에서 메모를 들여다본 군사대신의 말대로 암살자 길드에서의 탈퇴는 보통은 절대로 생각할 수 없었다.

만약 탈퇴를 하려고 하면 추격자가 쫓아와 죽인다. 그게 상식이었다.

그게 싫다면 그야말로 원래 있던 길드의 구성원을 전부 쓰러뜨릴 수밖에 없다……!

"대공님!"

"아아, 정말 이번에는 뭡니까?!"

"아마조네스 일족의 사신이 찾아와 우리 나라에 대한 최후통첩을 건넸습니다! 그 내용은 『로엔그린 변경백령을 이대로 계속 점령한다면 아마조네스 일족에 대한 선전포고와 같은 뜻이라고 간주한다』입니다!"

"왜 그렇게 되는 거죠?!"

"최후통첩에 따르면 『위대한 새 로엔그린 변경백은 오거의 대수해에서 대량 발생했던 변종 오거를 섬멸해 아마조네스 일족뿐만 아니라 대륙을 구한 대인이자 생명의 은인이다. ——그런 대영웅 없인 현재의 국가 체제가 존속하지 않았음에도 불구하고 그 은혜를 잊고 게다가 대인의 영지를 제멋대로 계속 점령하는 후안무치한 오랑캐들을 우리는 이제 서로 대화를 나눌 수 있는 상대가 아닌 철저하게 쓰러뜨려야 할 해충으로 간주할 것이다』라고!"

"그게 무슨 말이에요——?!"

아야노는 마음속으로 소리 높여 울면서 왜 이렇게 된 거야, 라는 말만 반복했다.

──그 이유는 극히 단순.

결과적으로 그렇게 된 거지만, 아야노의 의도가 절대 아니었지만.

어쨌든 절대로 싸움을 걸어선 안 되는 상대에게 싸움을 걸고 말았기 때문이다.

오랜 세월 숙원이었던 로엔그린 변경백령을 탈취한 후 이웃 나라의 토코 새 여왕이 로엔그린 변경백 가문을 새로 바꿔버린 것이 모든 일의 원흉.

모든 것을 뒤엎을 만한 유일하고 절대적인 계책, 정말이지 기사회생의 한 수를 여왕인 토코가 둔 것이었다.

아야노가 웬타스 여대공으로서 해야 했던 일은 신속하게 토코와 평화조약을 맺고 로엔그린 변경백령을 설령 일부라도 양도받는 것.

그렇게 했다면 애초에 새로 로엔그린 변경백이 탄생하는 일도 없었을 것이다.

설마 살육의 전쟁 여신과 비교도 안 되는 괴물이 등장할 거라고는 예상할 수도 없었을 테니, 로엔그린 변경백령 전부의 지배를 노린 결과 느슨한 전쟁 상태를 지속한 끝에 모든 것을 잃게 된 아야노를 무능 대공이라고 매도하는 건 역시 너무하겠지.

그러한 사정을 아야노가 알고 깜짝 놀라게 된 건 조금 더 이후의 일——.

2장 미스릴 광산과 백발 흡혈귀 리턴즈

1

설령 귀족이 되든 너무 훌륭한 성의 소유자가 되든.

인간이라는 건 그렇게 쉽게 변하지 않는 법.

"다들——밥 다 됐어."

""와아.""

로엔그린 변경백 가문의 본가는 그야말로 성이었다.

그것도 장난 아닌 호사스러운 성.

비유가 아니라 어쩌면 토코 씨가 있는 왕성보다 더 클지도 몰랐다.

호위를 위해 높게 솟은 절벽 위에 세워진 로엔그린 성은 안개가 낀 아침에는 그야말로 동화 속 무대처럼 장엄한 분위기를 자아냈다.

물론 식당도 엄청 호화로웠다.

반짝반짝 닦인 나무 한 장의 긴 테이블에 섬세한 조각이 새겨져 있는 의자가 죽 늘어서 있었다.

벽에는 역대 로엔그린 변경백의 초상화에, 천장에는 아주 훌륭한 프레스코화까지. 다수의 천사와 악마가 싸우고 있는 아마 신화인지 뭔가의 한 장면이 천장 가득 펼쳐져 있었다.

난 모두의 식사를 들고 아주 귀족적인 식당으로 들어왔다.

호사스러운 의자가 늘어선 훌륭한 테이블——을 지나서 식당 구석에 놓인 밥상으로 향했다.

그곳에는 수저를 꽉 쥐고 기다리는 스즈하와 유즈리하 씨가 앉아 있었다.

그 뒤에는 쿨한 메이드의 모습을 유지하면서도 군침을 숨기지 못한 카나데가 서 있었다.

"오늘 저녁은 고등어 된장 조림이야."

""잘 먹겠습니다!""

말이 끝나자마자 요리에 달려드는 스즈하와 유즈리하 씨.

고등어 된장조림과는 밥상이 잘 어울리지.

"오늘도 오빠가 만든 요리는 최고예요!"

"완전 동감이야. 게다가 이 밥상에서 먹는 것도 좋아."

"그런가요?"

"그래. 그대와의 거리가 보다 가깝게 느껴져서 식사도 맛있어지니까."

"원래는 다이닝 테이블에서 먹어야 하는데……제가 왠지 익숙하질 않아서."

아니, 나도 귀족님 사양의 다이닝 테이블에서 식사를 한 경험 정도는 있었다. 유즈리하 씨 댁에서 식사를 할 때는 항상 그랬고.

하지만 실제로 우리 집에서 먹는 식사를 익숙한 밥상에

서 초호화 사양의 다이닝 테이블로 옮겨보면.

아무래도 밥이 맛없어서 참을 수 없었다.

이유는 알 것 같다.

내가 애초부터 갖고 있던 서민 근성이 귀족님 색으로 물든 저택의 식탁을 거부한 거겠지.

“하지만 죄송합니다, 유즈리하 씨. 제대로 된 테이블이 준비되어 있는데 귀족님을 이런 밥상에 앉혀서.”

“무슨 소리야. 난 그대의 정성을 다한 밥상 위의 수제 요리를 아주 좋아해. 게, 게다가…….”

“게다가?”

“밥상에선 그대의 얼굴이 보다 아주 가까이에서 보이고……아아, 아니, 아무것도 아니야!”

갑자기 얼굴을 새빨갛게 물들이며 고개를 젓는 유즈리하 씨.

순간 목에 가시가 박혔나 했지만 그렇지도 않은 듯했다.

그리고 이 상황에서 유즈리하 씨 외에 신경 쓰이는 게 또 한 사람.

“있잖아, 카나데. 카나데도 같이 안 먹을래?”

“……그런 일은 용납되지 않아. 카나데는 메이드, 메이드는 주인님들과 함께 밥을 먹지 않아.”

“주인인 내가 부탁하고 있는데.”

계속 이랬다.

카나데는 프로 메이드이며 메이드가 주인들과 함께 식사를 하지 않는 건 상식이라나.

처음에는 그 말을 듣고 나도 존중하려고 했다.

카나데는 혼밥을 좋아하는 걸지도 모르고 일단은 주인인 나랑 함께 식사하는 것도 정신적으로 피곤할지 모르니까.

하지만.

만면에 미소를 띠며 나에게 말을 걸면서도 밥을 입 속 가득히 넣고 있는 스즈하나 유즈리하 씨를 보면서 아주 잠시 선망의 눈길을 보낸다거나.

우리가 식사를 끝낸 후 혼자 밥을 먹는 뒷모습이 쓸쓸해 보인다거나.

그런 장면을 몇 번이나 보고 나니 메이드의 규칙 따위 무시하고 밥을 함께 먹는 게 나을 것 같았다.

그리고 나의 의도를 해석해낸 스즈하와 유즈리하 씨도 지원사격을 해주었다.

"정말 오빠의 말이 맞아요. 애초에 따끈따끈 갓 만든 오빠의 요리를 앞에 두고 달려들지 않다니, 정말 무례하기 짝이 없잖아요. 그렇게 원하지 않는다면 대신 내가 전부 먹을게요."

"나도 스즈하의 말에 동의해. 게다가 보통 메이드는 식사 시중이 일이지만 스즈하의 오라버니가 차린 식탁에서는 시중을 들 일도 없으니까. 그렇다면 주인의 바람을 이뤄주는 것 또한 메이드의 일이지.”

“……알았어. 그럼 같이 먹어도 돼……?”

“물론이지!”

나의 말과 동시에 스즈하와 유즈리하 씨가 밥공기와 접시를 들었다.

카나데의 자리를 만들기 위해 장소를 비워주려는 것이었다. 하지만.

“움직일 필요 없어.”

“뭐……? 으앗.”

““아앗?!””

카나데가 다가와서는 정말 거침없이 물 흐르는 듯한 동작으로 내 무릎 위로 미끄러져 들어왔다.

“뭐, 뭐 하는 거예요, 카나데 씨?! 오빠에게서 떨어져요!”

“그건 불가능해. 게다가 주인님의 명령을 수행하며 동시에 두 사람을 방해하지 않기 위해선 이렇게 하는 게 제일이야.”

“그런가요, 유즈리하 씨?!”

“크윽……확실히 메이드가 자신의 식사를 위해 주인의 가족을 움직이게 하는 건 언어도단이지만 그래도……!”

“그렇다고 오빠의 무릎 위에 앉아도 되는 건 아니잖아요?! 그리고 유즈리하 씨는 오빠의 가족이 아니라 손님이라고 생각해요!”

그렇게 말하는 스즈하와 유즈리하 씨를 완전히 무시한 채 카나데는 무릎 위에 앉아 날 올려다보며 물었다.

"카나데는 여기가 좋아. ……안 돼?"

쓸쓸한 듯한 눈으로 물으면 거절할 수도 없었다.

"어쩔 수 없지."

그날 우리 집에서 식탁에 앉는 인원이 한 명 늘었다.

내 무릎 위에서 온몸에 힘을 뺀 카나데는 야옹이 같아서 힐링이 됐다.

아니, 그 정도의 힐링 포인트가 없으면 못 해먹을 것 같았다.

그 정도로 로엔그린 변경백가의 현 상황은 비참 그 자체였다.

2

어느 날 나랑 유즈리하 씨가 평소처럼 집무실에서 서류에 파묻혀 있는데 문지기 병사가 손님이 왔음을 알렸다.

"——상인?"

"네. 변경백 각하와는 이전에 직접 뵌 적이 있다고 말씀하셨는데……돌려보낼까요?"

"아니, 만날게."

"그럼 응접실로 모실까요?"

"느긋하게 응대할 여유는 없으니까 이쪽 집무실로 모셔 주겠어?"

"알겠습니다!"

빠른 걸음으로 나가는 병사의 뒷모습을 배웅하며 난 몰래 한숨을 내쉬었다.

현재, 확실히 말해서 로엔그린 변경백령은 위험했다.

뭐가 위험하냐면 인재가 하나도 없었다.

병사와 같은 군사 계열은 그래도 좀 낫지만 내정 계열 인재가 고갈된 상태.

그리고 그런 사태에 빠진 원인이라면.

"미안해……내가 일족을 남김없이 숙청해버리는 바람에……."

책상 맞은편에서 서류에 파묻힌 채 풀이 죽어 있는 유즈리하 씨가 이전 변경백과 그 측근들을 가차 없이 때려눕혔기 때문이었다.

듣자 하니 이전 로엔그린 변경백은 오랜 세월에 걸쳐 교묘하게 부정을 저질러 재산을 쌓고 주요관리직을 일족이 독점해 쿠데타의 큰 재원이 되었다고 한다.

게다가 그 사실을 추궁하자 태도를 바꿔 일절 조사를 거부하고 왕가와 유즈리하 씨에게 완전히 반기를 들었고, 그 결과 유즈리하 씨의 손에 일족 측근이 숙청되었다.

지금까지는 로엔그린 변경백령이 웬타스 공국군에게 점령되어 있었기 때문에 문제가 표면화되지 않았지만, 적군이 철수한 후 내가 로엔그린 변경백령을 통치하게 된 현재 굉장히 곤란한 사태가 부각되었다.

영지를 관리할 문관이 하나도 없는 것이다.

"확실히 사람은 부족하지만 그건 유즈리하 씨 때문이 아니에요. 저도 부정 축재만 저지른 책임자나 그 측근이 남았다 해도 중요한 일을 맡기고 싶지 않았을 테고."

"으윽……하지만 이 방대한 서류더미를 떠맡기기 위해 살려둘 가치가 있었을지도 몰라……."

"아니, 아니, 아니. 서류를 없애거나 멋대로 날조하거나 꼼꼼하게 내용을 읽지도 않고 사인해버리면 곤란하니까요."

내가 펜을 움직이면서 유즈리하 씨를 위로하고 있을 때 아까 그 병사가 손님을 데리고 돌아왔다.

그곳에 있던 사람은 분명 낯익은 얼굴이었다.

"그러니까, 액세서리 숍에서 만난 점원분……?"

"오랜만에 뵙겠습니다."

언젠가 스즈하의 생일 선물을 사기 위해 유즈리하 씨의 손에 이끌려 갔던 액세서리 숍 점원이 거기 있었다.

그 뒤에는 제자인지 후드를 깊숙이 눌러쓴 젊은이도 함께 있었다.

내가 몇 번인가 만났을 뿐인 이 점원을 확실하게 기억하는 건 꽤나 강렬한 캐릭터였기 때문이다.

겉보기에는 깔끔한 노신사지만 이상하게 트윈테일을 고집하는 사람이니까.

"오늘은 왜 여기에? 장사 때문에 오셨습니까?"

"그게, 손님이 변경백이 되신 후 영토를 되찾았다는 이야기를 듣게 돼서. 그렇다면 저도 여기서 장사를 하려고 우선 인사를 드리러 왔습니다."

"아, 그렇습니까."

우수한 상인의 조건은 재빠른 기회 포착이라 알려져 있다.

눈앞에 있는 트윈테일 마니아인 노신사가 상인으로서 우수한지 어떤지는 둘째 치고 우리 영지가 상인에게 매력이 있다고 인식됐다는 건 기쁜 일이었다.

상인에게는 상인끼리의 네트워크가 있었다.

그렇다면 트윈테일 마니아인 점원이 왕도에 있는 상인들에게 꼭 우리 로엔그린 변경백령의 매력을 널리 알렸으면 좋겠다.

"그런 거라면 저도 제대로 인사드리고 싶습니다만. 죄송합니다, 지금 의자에서 일어날 수 없는 상황이라."

"아뇨, 아뇨, 신경 쓰지 않으셔도 됩니다. 저도 상인 나부랭이, 변경백 님이 서류에 파묻혀 있지 않으면 안 되는 사정은 잘 이해하고 있습니다."

"그것도 그렇지만……그렇지, 잠깐 책상 이쪽으로 와주

시겠습니까?”

약간의 장난기가 발동한 나는 사정 설명 대신 점원분을 이쪽으로 이끌었다.

“호호호, 왜 그러십니까——으윽?!”

집무 책상까지 다가온 점원분은 내 무릎 위에 있는 존재를 인식한 순간 펄쩍 뛸 듯이 놀랐다.

몰래카메라 성공.

그래. 현재 내 무릎에는 갈색 피부 은발 머리의 글래머 로리 트윈테일 메이드 카나데가 마치 고양이처럼 몸을 동그랗게 말고 낮잠을 자고 있었다.

트윈테일 마니아인 점원분은 내 예상을 훨씬 뛰어넘을 정도로 깜짝 놀란 듯했다.

“이, 이이이, 이 소녀는……?!”

“이 아이는 현재, 로엔그린 변경백가의 유일한 메이드입니다. 지금은 제 무릎 위에서 잠들어 있지만 이래봬도 우수한 메이드입니다. 특히 청소는 굉장히 잘하죠.”

“……확실히 청소는 특기 중의 특기겠지요…….”

“맞습니다. 이렇게 넓은 성 청소를 오전 중에 이미 끝냈으니 정말 우수하죠.”

웬일인지 이마의 진땀을 닦는 점원분. 게다가 온몸을 오들오들 떨고 있었다.

그 모습은 마치 눈앞에 갑자기 전설의 암살자가 나타난

것처럼 오버스러웠다.

하지만 내 무릎에 있는 존재는 물론 전설의 암살자 따위가 아니었다.

그저 갈색 피부 은색 머리 글래머 로리 트윈테일 메이드일 뿐이었다.

즉 그만큼 점원분이 트윈테일을 좋아한다는 뜻이겠지.

"어떠신가요? 은발 트윈테일은 제쳐 두고서라도 이렇게 고양이처럼 몸을 둥글게 말고 있는 모습이 굉장히 귀엽죠?"

"그, 그렇군요……지금이라도 심장이 멈출 것처럼……!"

"아하하, 그건 아무리 그래도 오버예요."

"오버가 아닙니다……그 식인 호랑이, 아니, 암컷 표범을 태연하게 길들일 줄이야……다시 한번 진심으로 감탄했습니다……!"

말만 들으면 농담이겠지만 점원분의 말투도 표정도 진짜였다.

아무래도 난 트윈테일 메이드 덕분에 수수께끼의 고평가를 획득한 모양이었다.

*

그 이후에도 오랫동안 눈을 희번덕거리던 점원분이었지만 겨우 안정을 되찾고 크흠 헛기침을 한 번.

"아, 뭐, 그 메이드는 그렇다 치고……이쪽에서의 생활은 어떠신가요?"

"보시는 대로 매일 서류에 파묻혀 살고 있습니다."

점원에게 인원 부족의 현 상황을 설명하자 이번에는 놀라지도 않고 당연하다는 얼굴로 고개를 끄덕였다.

"그건 굉장히 곤란하시겠군요."

"맞아요. 어쨌든 저에게는 연줄이 없고 유즈리하 씨의 연줄로 소개받는다 해도 여긴 변방이라 좀처럼 어렵네요. ——그렇다고 이 지역에서 찾으려 해도 이 토지에서는 이전부터 변경백의 악습이 만연한 모양이라 그런 걸 갖고 들어오면 못 견딜 것 같고."

"정말 그렇겠지요."

"어딘가에 좋은 인재 없을까요?"

상인 네트워크로 누군가 좋은 사람을 소개해주지 않을까——?

그런 안일한 기대로 물어보자.

"있습니다. 그보다 오늘은 그 일도 있어서 방문했습니다."

"오오옷?!"

"아야노 님. 이쪽으로."

점원분이 말을 걸자 제자라고 생각했던, 후드를 깊숙이 뒤집어쓴 젊은이가 가만히 한 걸음 앞으로 나왔다.

"자, 얼굴을 보이면서 인사드리십시오."

"……변경백 각하. 아야노라고 합니다."

후드를 벗은 아야노 씨의 얼굴은 중성적이었고 자세히 보면 단정한 외모였지만 화려하진 않았다.

이른바 엑스트라 얼굴이었다.

즉 나랑 똑같았다.

"아야노 님은 저에게 거액의 빚을 지고 있거든요. 그 빚을 갚아야 하는데――어떠신가요, 로엔그린 변경백령에서 한번 써보시겠습니까?"

"네? 그래도 될까요?"

"물론이지요. 이렇게 보여도 아야노 님은 내정이나 통치에 관해 지식도 경험도 굉장히 풍부한 이른바 프로페셔널입니다. 분명 도움이 될 겁니다."

그렇다면 아야노 씨는 이전에도 어딘가의 문관이었거나 아니면 귀족이었지만 본가가 몰락했거나 그런 걸까……?

아야노 씨의 과거에 왠지 불행한 냄새가 나는데.

나에게는 감사한 일일 수밖에 없었다.

"물론 공짜는 아닙니다만. ……이 정도면 어떠신가요?"

그렇게 말하며 제시한 금액도 뭐 조금 높지만 허용범위 안이었다.

게다가 아야노 씨가 점원분이 말한 대로 실력자라면 오히려 저렴한 편이다.

흐음――.

"유즈리하 씨, 유즈리하 씨."

"왜 그래?"

"유즈리하 씨는 지금 이 이야기, 어떻게 생각하시나요?"

난 지금까지 입을 다물고 있던 유즈리하 씨에게 이야기를 넘겼다.

나랑 점원분 사이의 인사였기에 특별히 면식이 없었던 유즈리하 씨는 조용히 서류 업무를 계속하고 있었지만 옆에서 이야기는 들었을 것이다.

그리고 유즈리하 씨는 서류 업무에 대한 적성은 몰라도 고급 문관을 고용할 조건이나 대우는 나보다 훨씬 자세히 알고 있을 것이다. 그야 공작영애니까.

그렇다면 지금 이야기를 듣고 유즈리하 씨라면 어떻게 판단할까——.

내가 묻자 유즈리하 씨는 한 번 크게 고개를 끄덕였다.

"난 괜찮은 이야기라고 생각해."

"유즈리하 씨도 그렇게 생각하세요?"

"으응. 어쨌든 이 상인은 왕도의 귀족 거리에 출입하는 인간이니까. 그렇다면 그대에게 조악한 물건을 쥐여줬을 때 귀족 거리의 액세서리 숍과 관련된 녀석들은 전부 그대에게 싸움을 건 게 돼. 그런 짓을 할 이유 따위 없고 그런 점에서도 이번 거래는 신용할 수 있지."

"……그런가요?"

"그래. 게다가 이 상인이 요구한 건 상당히 높은 보수였어. ――즉 아야노 님은 틀림없이 지극히 우수한 인물인 거지. 그렇지 않다면 그대를 상대로 그런 보수를 요구했을 리 없어."

"그렇진 않을 것 같은데요……."

"상인을 얕보면 안 돼. 귀족을 상대로 하는 장사에선 우선 신용이 첫 번째니까. 지금의 그대를 속였다는 사실이 알려지면 그 상인은 사형당할걸?"

"그런 바보 같은."

"아니, 틀림없어. 한물간 귀족이나 기피하는 인물이라면 또 모르지만――지금 로엔그린 변경백에게 싸움을 거는 건 왕가나 사쿠라기 공작가를 상대로 하는 것보다 훨씬 최악이야.

어쨌든 그대를 적으로 돌린 순간 그대뿐만 아니라 왕가나 사쿠라기 공작가, 그대에게 심취된 군 최고 간부들까지 전부 적대하게 되니까."

"네에……?"

"그렇게 되면 당연히 적어도 머리가 잘 돌아가는 귀족은 모두 추종하게 되겠지. 그리고 내가 모조리 숙청한 결과, 현재 이 나라에 어리석은 귀족은 없어. ――결과적으로 그대의 적이라고 인정받는 상인은 영원히 귀족 상대로 장사를 못 하게 돼. 설령 그대가 어떻게 생각하든."

농담이죠? 라는 눈으로 바라보자.

액세서리 숍 점원분은 당연하다는 듯 고개를 끄덕였다.

"물론 그 정도의 각오는 하고 있습니다. ……다만 리스크가 큰 만큼 이익 또한 크죠. 그렇기에 아야노 님을 부탁하려는 것입니다."

"……감사합니다."

유즈리하 씨와 점원분 말의 옳고 그름은 둘째 치고.

아무튼 인원 부족인 현 상태에서 선택의 여지가 있을 리 없었으니.

난 아야노 씨를 고용하기로 결정했다.

*

――이건 여담이지만.

그 이후 내가 개인적으로 아야노 씨를 고용하길 잘했다고 느꼈던 아무래도 상관없는 이유가 하나 있다.

그것은 아야노 씨가 이른바 엑스트라 얼굴이라는 것이었다.

이런 말을 내 입으로 하긴 좀 그렇지만 우리 집엔 여동생인 스즈하를 시작으로 손님인 유즈리하 씨, 메이드인 카나데까지 깜짝 놀랄 정도의 미소녀다. 게다가 모두 스타일도 발군이다.

혼자 평범한 얼굴인 난 어쩐지 주눅이 들었다.

그런 점에서 아야노 씨는 꼼꼼히 따져보면 단정한 용모의 소유자지만 얼굴 각각의 부위가 크게 부각되지 않는, 정확한 엑스트라 얼굴 범위에 들어가 있었다.

굉장히 훌륭한 일 아닌가.

“아야노 씨, 아야노 씨.”

“……왜 그러십니까?”

“아야노 씨가 우리 집에 와줘서 정말 다행이야!”

“……왜 각하는 제 얼굴을 보면서 그런 말씀을 하시나요……?”

“아니. 나랑 같은 엑스트라 얼굴의 남자라 나도 모르게 친근감이 들어서.”

“……자세히 설명할 순 없지만 현재 굉장히 화가 나니까 각하를 한 대 후려쳐도 될까요?”

“그건 안 되지!!”

얼굴에 대해 언급해선 안 되는 건가? 교류에 실패하고 말았어. 나도 똑같은데.

그렇다 해도 엑스트라 얼굴의 남자들끼리 앞으로 친목을 다지고 싶었다.

3

아야노 씨가 찾아온 지 보름 정도가 지났다.

역시 프로 상인이 추천해줄 만한 인재로 아야노 씨의 업무 태도는 굉장했다.

책상이 보이지 않을 정도로 쌓여 있던 서류더미가 잠깐 사이에 줄어든 데다 판단도 정확하고 세세한 부분도 포인트를 제대로 파악해 도와주니, 나랑 유즈리하 씨와는 비교할 수도 없었다.

문관 중에서도 아야노 씨는 틀림없이 톱클래스겠지.

"……이게 소위 말하는 치트키라는 건가……?!"

너무나 큰 충격에 나직이 입을 놀렸더니 아야노 씨가 웬일인지 어이없다는 눈빛으로 노려보았다.

"핫. 세계 최강 치트 군단의 치트 세계 대표가 무슨 소릴 하시는 겁니까?"

"영문 모를 트집을 잡고 있잖아?!"

"네, 네. 망언은 됐으니까 체크 완료 상자에 넣은 서류 확인하시고 계속 사인해주세요."

아야노 씨가 오기 전에는 나랑 함께 서류에 파묻혀 있던 유즈리하 씨는 요즘 집무실에 없었다.

아야노 씨의 활약상에 집무실에 있든 없든 똑같다며 스즈하와 함께 외부 시찰을 나간 것이다.

유즈리하 씨 왈, 사람에게는 적재적소라는 게 있다고.

"──내가 그대 대신 마을 유력자들을 충분히 타일러둘

테니까! 하는 김에 변경백령의 신병들도 모집해서 내가 직접 단련시켜 놓을게.”

“타이르지 않아도 되는데요?!”

“무슨 소리야, 이런 건 처음이 중요해. 영주의 위엄이라는 것을 충분히 보여주지 않으면 명령을 무시하게 되니까. 게다가 우리가 서류에 파묻혀 있던 동안은 스즈하가 움직여준 것 같고. 그렇지, 스즈하?”

“네. 이미 신병들은 장래에는 아마조네스 군단에 필적할 정예들로 단련시키기 위해 제가 매일 특훈을 실시하고 있어요. ……결코 오빠가 상대해줄 시간이 없어 분풀이로 신병들을 때려눕히고 있는 게 아니에요.”

“저, 적당히 부탁해…….”

그렇게 스즈하와 유즈리하 씨가 단련시킨 변경백령 병사들은 정말 아마조네스 군단과 견줄 만한 세계 최강 군단으로서 이름을 널리 알리게 되지만 그건 훨씬 나중의 이야기.

그리고 마지막으로 한 사람, 메이드인 카나데는 단 한 명의 메이드로서 성의 내부 일을 처리해주고 있었다.

식사만은 스즈하나 유즈리하 씨의 강한 요망으로 내가 만들고 있지만 넓고 큰 성의 청소를 혼자 다 해주다니 그것만으로도 우수했다.

역시 귀족 메이드는 다르다고 감탄할 따름이었다.

"그래도 카나데, 이렇게 넓으면 청소하기 힘들지 않아?"

"괜찮아. 카나데는 강하니까 어떤 청소든 완벽하게 해결해."

"……그럼 다행이지만 아무쪼록 잘 부탁해."

"맡겨줘."

그렇게 의지가 되는 메이드인 카나데를 최근 괴롭히고 있는 건 한 마리의 고양이인 듯했다.

"……킁킁."

"왜 그래, 카나데?"

"어디 있는지 모르겠지만 냄새가 나."

"냄새?"

"그래. 게다가 카나데의 우수한 메이드의 감이 말해주고 있어……이건 틀림없이 도둑고양이 냄새야……!"

"도둑고양이? 하지만 식자재가 없어진 기억은 없는데?"

"아니. 그런 보잘것없는 식자재 따위가 단연코 아니라……녀석은 아주 대단한 걸 훔쳐갈 것 같은 그런 기색이 강하게 느껴져……!"

그렇게 말하며 보이지 않는 고양이를 신경 쓰는 카나데는 그 나이에 맞는 천진난만한 모습이었다.

스즈하 밑으로 또 한 명의 여동생이 생긴 것 같아 왠지 마음이 따뜻해졌다.

*

시간에 여유가 생겨 여러 가지를 둘러보고 생각할 수 있게 되었다.

그리고 내린 결론.

"저기, 아야노 씨. 뭔가 이상한 것 같지 않아?"

내 질문에 손을 멈춘 아야노 씨가 금방 이해했다는 듯 답했다.

"실례지만 어디서 그렇게 생각하셨습니까?"

"어디고 뭐고. 이 서류 속 숫자의 수입으로 유지하기에 이 성은 너무나 훌륭하잖아?"

어디가 이 변경백령의 주요 수입원인가.

계속 그렇게 생각하며 서류를 살펴봤지만 그런 건 하나도 없었다.

굳이 말할 것까지도 없지만 훌륭한 건물의 유지비라는 건 이게 또 꽤 많이 드는 법이었다. 그리고 올라온 수입으론 그런 걸 도저히 유지할 수 없었다.

카나데처럼 우수한 메이드가 있어도.

하지만 이 로엔그린 성은 유지를 대충 한 것 같지도 않았다.

그렇다면 답은 하나밖에 없었다.

"——즉, 어딘가가 거짓 보고를 올렸다고 생각해."

내 말을 다 듣고 아야노 씨가 동의했다.

"참고로 현재 각하께선 어디가 수상하다고 보십니까?"

"광산? 특히 미스릴 광산이 수상해."

"그 이유는 뭔가요?"

"그야 채굴량과 유지비 밸런스가 안 맞으니까. 마치 유지비는 그대로고 채굴량만 자릿수를 하나 깎은 것 같은 느낌이 들어."

"과연. 저도 소문으로 들었던 변경백령의 상황과는 전혀 달라 수상하다고, 의아해하고 있었습니다."

"그랬구나……."

"각하께 서둘러 보고 드리지 못한 점 깊이 사죄드립니다."

"당치도 않아. 아야노 씨에게는 늘 감사하고 있어."

주의 깊게 관찰하면 아야노 씨가 넘겨주는 서류에 치우침이 있다는 건 알 수 있었다.

역시 광산이 수상하다고 겨냥하게 된 이유다.

게다가 일을 이제 막 시작한 아야노 씨 입장에선 아무리 그래도 부정 의혹을 입에 담는 건 어렵겠지.

상대가 완고한 영주라면 그야말로 내부분열을 꾀한 스파이라고 의심했을지도 모른다.

"그래서 난 스즈하나 유즈리하 씨와 미스릴 광산을 시찰하러 갈 거야. 미안하지만 서류 잘 부탁해."

"……네?"

"응, 하고 싶은 말은 알아. 보너스는 충분히 줄게."

"그 이전의 문제입니다. 외람되지만 각하, 제 입으로 이런 말 하는 것도 좀 그렇지만 전 어디서 굴러먹던 말 뼈다귄지도 모르는 신입이에요. 그런 절 성에 놔뒀다가 무슨 문제를 일으킬지 걱정 안 되세요?"

"그런 걱정 안 돼. 난 이래 봬도 조금이나마 사람 보는 눈이 있으니까."

아야노 씨에게는 미안하지만 미스릴 광산은 이대로 놔두면 일이 제대로 안 될 테니까.

그렇다면 얼른 시찰을 나가는 게 제일이었다.

착각은 하지 말아줘.

결코 서류 업무가 싫어져서 시찰이라는 구실로 서류에게서 도망치는 건 아니야.

4 (토코 시점)

사쿠라기 공작가에서 나누는 밀담.

그건 대부분의 경우, 내정이나 외교, 금융, 음모론이나 세계정세 등 고도로 정치적인 내용이 차지하고 있다고 생각하기 쉽다.

하지만 그날 밤 화제가 된 건 그 어느 것도 아니었다.

"……뭐? 로엔그린 변경백령으로 보낼 초밥 장인을 찾고 있단 말인가?"

"응. 그리고 재료 그 자체도. 어떻게 할지 고민이 돼서."

진지한 얼굴로 의논하는 토코를 향해 사쿠라기 공작가 당주가 한마디로 답했다.

"그대는 바보인가?"

"바보 아니거든?! 아니, 옆에서 보면 엄청 바보 같을 것 같다는 자각은 있지만 난 엄청 진지해!"

"왜 그렇게 되지?"

"그야! 엄청 실력 좋은 장인을 보냈다 좋아하면 그건 즉 스즈하 오빠의 위장을 사로잡게 된다는 뜻이잖아?"

"뭐, 그렇게 되겠지."

"그래서 난 문득 깨달았어."

"뭘?"

"——그건 세계 정복의 최단 루트가 아닐까 하고."

"뭐라고……?"

무슨 바보 같은 말을——이라고 대꾸할 순 없었다.

"……듣고 보니 이론상 일어날 수 있는 일인 것 같기도 하네만……그래도 그런 바보 같은 일이 현실적으로 일어날 것 같진 않은데……."

"보통이라면 절대로 있을 수 없겠지? 하지만 스즈하 오빠는 재능 있는 장인에 대한 존경이 엄청나잖아? 평범한 귀족처럼 요리사를 밑으로 보는 짓은 절대로 안 해."

"오히려 잠재적으론 귀족보다 실력 좋은 요리사가 더 위라고 생각하는 타입이지. 역시 입 밖으로 말하진 않지만."
"그렇지? 그래서 여기서부터가 관건인데."
토코가 어디까지나 진지한 얼굴로 말했다.
"스즈하 오빠의 성격상 항상 자신을 위해 맛있는 초밥을 만들어주는 장인에게 은혜를 갚고 싶지 않겠어? 그것도 꽤 빈번하게."
"……초밥 장인은 초밥을 만드는 게 일 아닌가……?"
"물론 우리라면 그렇게 생각하겠지만. 스즈하 오빠는 좋은 사람이니까."
"으음……."
공작은 좋은 사람이라는 한마디로 정의할 수 있을 만큼 스즈하 오빠가 단순하지는 않다고 생각했다.
다만, 분명 성실하고 또한 실력 좋은 요리사가 고용됐을 때 시간이 흐르면서 스즈하의 오빠에게서 가족과 같은 대우를 받게 될 거라는 건 정말 있을 수 있는 이야기였다.
일단 귀족은 신분 관계를 당연한 것으로 받아들이고 선을 긋는 일에 익숙하지만 대부분의 서민은 그렇지 않았다.
그리고 공작이 보는 한, 그 무시무시한 능력은 제쳐놓고라도 스즈하 오빠의 타고난 성격은 철저하게 서민이었다.
"그건 확실히……일고의 여지가 있군."
"그렇지?! 게다가 드래곤이나 대괴조 같은 강력한 마물은 고기도 엄청 맛있지만 그런 걸 계속 사냥하면 어떻게 되겠어?! 지금 있는 국가 간의 파워 밸런스가 눈 깜짝할 사이에 붕괴되겠지?"

"흐음……?"

"아니, 국가 간의 파워 밸런스라는 건, 어느 나라는 어느 마물을 대처하기에도 벅차니까 전쟁을 일으키지 않는다거나 그런 미묘한 부분으로 이뤄지니까. 공작도 알잖아?"

"그건 알지만……그래도 드래곤이니 대괴조니 하는 건 생선은 아니지 않나?"

"그게 문제야?! 아니, 요즘은 고기 초밥이라고 해서 초밥 장인이 고기로도 만들어 준다고."

"그건 사도 아닌가……!"

진심으로 언짢아하는 공작의 모습을 보고 토코는 사쿠라기 공작가 당주가 초밥에 관해 원리주의자라는 사실을 알게 되었다.

정말 아무래도 상관없는 정보였다.

"뭐, 그래서 나도 이렇게 고민하고 있는 거야. 어중간한 장인을 보냈다간 세계 정복……까지는 오버라 해도 국가 간의 파워 밸런스가 깨질 우려가 크고 그렇다고 스즈하 오빠와의 약속을 저버릴 수도 없으니까. 그거야말로 여왕으로서의 신뢰가 흔들리지 않겠어?"

"어떻게 할 생각인가?"

"진지하게 고민 중. ——차라리 내가 초밥 장인인 척 가볼까 하는 생각도 했었어. 왕도에 위장 대역 여왕을 놔두고. 뭐, 역시 정말 무리일 테니까 기각했지만!"

토코가 꺼낸 대역이라는 단어에 공작의 기억이 반응했다.

"그러고 보니 최근 들리는 소문 중에 그런 게 있었지."

"뭐? 그게 뭔데?"

"이른바 지금 웬타스 여대공은 대역. 그리고 대공 본인은 행방불명이라는 소문이 돌더군. 하지만 근거가 굉장히 애매했으니 문제 삼을 일은 아니겠지만."

"흐음……. 하지만 그건 확실히 있을 수 있는 이야기일지도?"

"그렇게 생각하나?"

"아니, 대공인 아야노는 천재니까. 그래서 스즈하 오빠의 등장을 목격하고 이대로라면 웬타스 공국은 머지않아 우리에게 패배할 거라는 사실을 깨달았다면, 일발역전을 위해 대역을 두고 여러 나라를 방랑하고 있다 해도 이상하지 않다고 난 생각해."

"그런가. 가능한 일인가……."

"뭐, 실제로는 있을 수 없겠지만."

토코가 그렇게 말하며 쓴웃음을 지었다.

"거기도 선대의 집안싸움으로 나라가 좀 시끄러워서 대공인 아야노가 힘으로 이래저래 굴복시키고 있던 모양이니까. 게다가 우리와의 전쟁도 좋은 분위기로 진행되다 스즈하 오빠가 전부 뒤집어엎었으니 현 상황을 이해하지 못한 멍청이들의 압박이 굉장할 거야. 그런데 위장 대역을 두고 본인이 행방을 감춘다면 그야말로 반란이 일어날지도 몰라. 뭐, 쿠데타로 유폐됐던 내가 할 말은 아니지만!"

"과연……그 이야길 듣고 보니 불가능할 것 같군."

"그럴 거야. 아무리 아야노가 우수해도 한 발만 잘못 디디면 반란이니까."

"그럼 만약 진짜 대역이라 생각했을 때 진짜 웬타스 여대공은 어떻게 움직일 것 같나?"

공작의 질문에 토코가 잠시 생각을 정리한 뒤 입을 열었다.

"그야 최선의 방법은 스즈하 오빠에게 찾아가는 거겠지. 초밥 장인인 척이라도 해서."

"그런 뒷사정을 여대공이 알 리가 없지 않나."

"그냥 말해본 것뿐이야. ……하지만 만약 그렇다면 큰 위기가 되겠지. 갑자기 적국에 우리 나라 최후의 히든카드를 빼앗기고!"

"……흥. 우스갯소리도 안 되겠군."

그때 두 사람 다 웬일인지 오한을 느꼈지만 그 이유가 판명된 건 그 이후의 이야기.

*

“――그래서 오늘 그대는 초밥 이야기를 하러 온 것인가?”

그 이야기를 들은 토코는 그렇게만 들으면 얼간이 같다고 생각하면서 고개를 가로저었다.

“뭐, 그것도 중요하지만 또 한 가지 할 말이 있어서. 그 미스릴 광산 말인데.”

“호오.”

의혹의 발단은 로엔그린 변경백, 즉 스즈하의 오빠가 자기 영지를 점령했던 웬타스 공국의 사령관들을 전부 납치한 시점으로 거슬러 올라간다.

거기서 처음 알게 됐지만 웬타스 공국의 사령관들은 유독 미스릴 무기나 방어구를 몸에 많이 지니고 있었다.

스즈하 오빠는 ‘역시 지휘관’이라며 솔직히 감탄했지만 그 옆에서 의아해했던 건 유즈리하였다.

공작영애로서 오랫동안 군에 몸을 담았던 유즈리하는 미스릴제 무기가 저렴하지 않다는 사실을 알고 있었다.

설령 크지 않다 해도, 역사가 있는 귀족의 가보라면 모를까 고작 전선의 사령관 따위가 넉넉하게 몸에 지닐 수 있는 건 결코 아니다.

그래서 유즈리하는 여왕인 토코에게 편지로 보고했고 그 편지를 받아든 토코는 미스릴의 출처를 조사시켰다.

적국에서 미스릴 무기가 손쉽게 유통되고 있다는 사태

는 위협일 뿐이었으니까. 그리고.

"결론부터 말하자면. 우리 나라 어딘가에 숨겨진 미스릴 광산이 있는 것 같아. 그것도 상당히 대규모의."

"……최근 발견한 것인가?"

"아닐 거야. 내가 왕녀로서 지켜본 한 이 나라에서 그런 사실은 없었는걸."

"그렇다면 훨씬 예전부터 숨어서 채굴되고 게다가 미스릴을 아주 예전부터 웬타스 공국에 팔았다는 뜻인가?"

"채굴은 맞지만 미스릴이 대규모로 팔린 건 최근인 것 같아. 안 그러면 아무리 유즈리하가 미소녀 최강 여기사라 해도 미스릴 장비로 무장한 군사들을 상대로 우리 나라의 풋내기 군대가 계속 이겼을 리가 없잖아?"

"……과연……."

팔짱을 끼고 잠시 생각. 공작은 하나의 결론에 이르렀다.

"즉 시세를 파괴할 정도로 싸게 팔아서라도 미스릴을 대량으로 팔아치워서 쿠데타의 자금을 확보한 것인가."

"그런 거지. 어느 왕자의 파벌인지 모르지만."

"점찍은 곳은 없는 것인가?"

"무리한 요구 하지 마."

토코가 속수무책이라는 듯 어깨를 움츠렸다.

"쿠데타에서 나에게 반역한 죄로 으깨버린 귀족들이 귀족 전체 중 어느 정도였다고 생각해? 용의 대상이 너무나

많아. 게다가 유즈리하가 스즈하 오빠에게 좋은 모습을 보여주고 싶어서 귀족들을 필요 이상으로 호되게 때려눕힌 탓에 증거는커녕 존재 자체가 말소된 가문들밖에 없지."

"……으음……."

"뭐, 하지만 그렇게 생각하면 스즈하 오빠는 참 여러 의미로 우리 나라를 구한 영웅이니까! 어디의 멍청이인지 모르지만 그렇게 적국에 미스릴을 부정 유출했다면 어느 쪽이 내전에서 이겼든 몇 년 이내에 우리 나라 자체가 멸망했을 거야. 그런 일도 모를 정도로 멍청이였겠지만!"

"정말. 그 남자에겐 크게 감사하고 있네."

――그건 틀림없는 두 사람의 본심이었다.

최상위 귀족으로 태어나 그에 어울리는 교육을 받아온 두 사람은 나라를 사랑하는 마음만은 남들보다 배로 강했다.

그야말로 국가 존속을 위해서라면 자신의 목숨조차 바칠 수 있다고 생각할 만큼.

그래서 나라를 구한 영웅인 한 명의 청년에게 그저 순수하게 비길 데 없을 만큼 감사하고 있었다.

처음부터 전혀 그렇게 보이지 않은 건, 두 사람이 어떻게든 해서 그를 자기 가족의 일원으로 받아들이기 위해 궁리하고 있기 때문이겠지――.

"하지만 미스릴이 대량으로 채굴된다는 건 좀 신경 쓰이는데."

"뭐가?"

"『마물은 강력하면 할수록 미스릴을 좋아한다』——그런 말을 들어본 적 없나?"

공작의 말에 토코가 진심으로 기분 나쁜 듯한 표정을 지었다.

"재수 없게 그러지 마. 그건 그냥 근거 없는 전설이잖아?"

"그렇게 생각하긴 하나만."

"게다가 그런 채굴장은 제단이 잘 갖춰져 있고 거기에 공물을 바치면서 액막이를 하지 않아?"

"보통은 그렇지. 하지만 미스릴 시세를 파괴하면서까지 모두 팔아버리는 바보에게 그런 지혜도 여유도 있을 것 같진 않네만."

"……설마……."

"……."

"……."

토코의 이마에 식은땀이 맺혔다.

왕립 최강 기사 여학원의 이사장이었던 토코는 알고 있다.

그 전설에는 또 하나의 버전이 있다는 사실을.

『마물은 희면 흴수록 미스릴을 좋아한다——』

그 두 가지 조건의 정점에 선 마물의 모습이 뇌리에 떠올랐고.

토코는 그걸 얼버무리려는 듯 부르르 몸을 떨었다.

5

처음에는 나 혼자 미스릴 광산으로 떠날 생각이었다.

하지만 이야기를 들은 유즈리하 씨가 본인도 가겠다고 강경하게 주장했다.

"하지만 유즈리하 씨, 지도를 보면 미스릴 광산은 굉장히 산속 깊은 곳에 있어요. 역시 거기까지 가게 하는 건 좀."

"내가 멋대로 따라가는 거니까 그런 건 신경 안 써도 돼. 게다가 사쿠라기 공작가 영지에도 미스릴 광산은 있으니까, 내가 있으면 어떻게든 도움이 될 거야――결코 파트너인 그대와 한순간도 떨어져 있기 싫어서 따라가는 건 아니니까 그런 점은 오해하지 말아줘."

"그런 오해는 안 했는데요……."

"오빠. 저도 같이 따라갈래요."

"스즈하도?"

"스즈하까지 올 필요는 없잖아. 우리끼리 잘 다녀올 테니까 성에서 기다려."

"아뇨, 꼭 따라갈 거예요. ――그거 알아요, 오빠? 어떤 지방 풍습 중엔 신성한 금속인 미스릴 산지에 남녀가 단둘이 오르는 건 최상급 사랑의 고백이고 오히려 신혼여행 그 자체로도 인식하는 그런 풍습이 있대요. 분명 사쿠라기 공작가 선조가 그 지방 출신이라던데──."

"그그그그런 풍습 들어본 적도 없는데?!"

"그러니까 저도 갈게요. 유즈리하 씨도 이의 없죠?"

"……없어……."

그런 이유로 나랑 유즈리하 씨, 그리고 스즈하 셋이 미스릴 광산 시찰을 위해 떠났다.

*

결론부터 말하자면 유즈리하 씨가 함께 와줘서 정말 다행이었다.

어쩌다 귀족이 되었지만 난 원래 서민이니까, 도저히 변경백의 인품은 갖고 있지 않다.

그런 내가 갑자기 미스릴 광산에 나타나 예고 없이 시찰을 나왔으니 책임자를 불러오라고 말한 날에는 어떻게 될까?

정답. 망상증이 있는 멍청이가 길을 헤매고 있다고 생각하겠지.

실제로 그럴 뻔했다.

그때 유즈리하 씨가 등장했다.

"──호오. 뚫린 입이라고 자신들의 영주를 가짜라고 단정하는 건가?"

"……?!"

"불경죄다. 즉결 사형을 당해도 불평할 수 없을 텐데?"

그렇게 말하며 유즈리하 씨가 앞으로 나왔다.

이제 와서 하는 말이지만 유즈리하 씨는 이 나라에서 모르는 사람이 없는 초유명인이었다.

천사 같은 미모, 여신 같은 스타일, 그리고 사신 그 자체의 전투 능력을 겸비한 유즈리하 씨.

그 어떤 것도 도저히 일반인은 흉내 낼 수 없는 것이었다. 결코.

즉 오오라가 전혀 달랐다.

"시, 실례했습니다아아아아!!"

당연하게도 유즈리하 씨는 한순간에 진짜로 인정받았고 무사히 우리는 책임자에게로 안내되었다.

광산과 어울리지 않는 호사스런 방에 있던 건 광산장과 부광산장.

두 사람 다 비슷한 외모의 정말이지 우락부락한 아저씨였다.

키가 크고 탄탄한 근육을 자랑하는 스타일.

대머리가 빛났고 인상이 나빴다.

순간 어딘가의 산적 두목인 줄 알았던 건 비밀.

"……호오? 당신이 새로운 변경백이라고……?"

"그리고 그쪽이 그 살육의 전쟁 여신님?"
우와, 라는 게 나의 솔직한 감상.
무심코 스즈하와 유즈리하 씨 앞으로 나와 두 사람의 시선을 가로막아버렸다.
난 괜찮다.
스즈하도 뭐, 백 보 양보해서 어쩔 수 없을지도 모른다.
하지만 순수 대귀족인 유즈리하 씨를 마치 고급 창녀를 보듯 징그러운 눈으로 힐끔힐끔 노려보는 건 안 되지, 정말로.
만약 이 장면을 그 가족 바보인 공작님이 본다면 바로 두 사람 다 광산 깊숙한 곳에 묻힐 게 틀림없었다.
"유즈리하 씨, 정말 죄송합니다……응?"
나와 함께 오자마자 불쾌하고 천박한 시선을 받게 된 유즈리하 씨는 분명 분개하고 있겠지——.
그렇게 생각하며 뒤로 돌자 유즈리하 씨는 웬일인지 매우 기분이 좋아 보였다.
아니, 진지한 얼굴을 열심히 만들어 내려고 하고 있었지만 아무래도 히죽거리는 입가는 숨길 수 없는 그런 느낌.
"유즈리하 씨. 대체 왜 그러세요……?"
"아, 아니?! 아아아무것도 아니야, 결코 그대가 날 등 뒤로 막아준 사실에 심쿵하고 있는 건 아니니까!!"
"그런 건 상상도 안 했는데요?!"

"그 기분 나쁜 시선을 자연스럽게 막아준 그대의 남자다운 상냥함이라거나! 그대의 등이 의외로 넓다거나! 파트너에게 보호받는 난 마치 공주님 같다거나! 그런 파렴치한 생각은 추호도 한 적 없어! 스즈하도 그렇게 생각하지!?"

"……왜 그렇게 허둥대는 거예요, 유즈리하 씨? 그런 것보다 오빠가 정말 새로운 로엔그린 변경백이라는 사실을 이 사람들에게 이해시키는 게 더 중요하지 않나요?"

"그, 그래! 나도 계속 그렇게 생각하고 있었어!"

그래서 그 이후 유즈리하 씨가 어찌하여 내가 새로운 로엔그린 변경백에 취임됐는지 일장연설을 늘어놓았다.

——그건 내가 얼마나 엉망진창으로 강하고 얼마나 엉망진창으로 구국의 영웅이며 어떻게 변경백에 지명됐는가 하는 이야기.

그 내용은 음유시인도 이 정도는 아닐 거라 생각될 만큼 각색이 과다했다.

요컨대 당사자인 내가 들어도 거짓말, 과장, 혼동——이라고 외치고 말 듯한 그런 내용의 대행진.

……그걸 사정도 모르는 사람이 들어봤자 믿을 수 있을 리가 없을 텐데.

당연하게도 이야기가 진행될 때마다 우리를 깔보는 듯한 광산장 일행의 시선은 점점 더 심해졌다.

그리고.

"——호오. 그렇게까지 강하다면 우리도 훈련을 받게 해 주지 않겠어? 응? 변경백 님?"

"우리는 마물이나 산적의 기습에 대비해 평소에도 몸을 단련해야 하거든. 그러니까 단련에 여념이 없지. 크하하."

"물론 도망치진 않겠지? 나라를 구한 영웅인 변경백 님?"

"하지만 광산장은 강하니까, 까딱 잘못하다 죽을지도 모르지만……훈련 중 사고는 늘 있기 마련이니까. 으하하하."

"……네에, 알겠습니다. 그런 거라면."

내가 이해했다는 대답을 꺼내자 광산장과 부광산장은 웬일인지 순간 놀란 표정을 지었고 그 이후 더욱더 크게 웃었다.

……이래 봬도 난 전투직도 아닌 일반인을 상대로 지지 않을 정도로는 단련하고 있는데.

아니면 내가 그렇게 약해 보이는 걸까?

그, 그렇진 않지……? 하고 동의를 구하려고 했는데.

"아니, 아니, 아니."

"죽겠네요……저 두 사람."

유즈리하 씨와 스즈하가 위험천만한 말을 중얼거렸다.

6 (유즈리하 시점)

험상궂은 광부들 앞에서 처참한 공개 능욕쇼가 펼쳐졌다.

물론 전부 자업자득이지만.

"……아니, 잠깐만. 있잖아, 스즈하, 남자끼리도 능욕이라고 해?"

"글쎄요?"

광산장의 호령에 따라 굳센 몸을 가진 광부들 수십 명이 작업을 중단하고 갱도 앞 광장에 모였다.

명목상은 새 변경백 환영을 위한 것이었지만 광산장과 부광산장이 스즈하네 오빠를 엉망으로 만드는 모습을 광부 모두에게 보여주고 싶다는 의도가 분명했다.

그 사실을 눈치챈 유즈리하는 금방이라도 그들을 날려버리려고 했지만 스즈하의 한마디에 냉정을 되찾았다.

——뭐 어때요? 두 번 다시 반항하지 못하도록 오빠가 철저하게 근성을 바로잡게 해줘요——.

"뭐, 이렇게 될 줄 알았지만."

광산장들에겐 본인들의 힘과 새로 온 변경백의 꼴사나운 모습을 광부들에게 보여줘 자신들이 얼마나 위대하고 강하고 거역할 수 없는 존재인지 재확인시키고 싶었을 무대.

하지만 현실에선 정반대의 사태가 진행되고 있었다.

투박한 가죽 갑옷에 큰 도끼라는 완전 무장 상태의 야만족 스타일로 싸우는 광산장과 부광산장이 아무런 장비도 하지 않은 스즈하네 오빠를 상대로 전혀 손을 쓸 엄두를 못 내고 있었다.

광산장들이 아무리 온 힘을 다해 공격해도 스즈하의 오빠에겐 일절 통용되지 않았다.

공격이 불과 1cm 차이로 빗나간 적도 있었고 손가락 하나로 막아낸 적도 있었다.

그리고 스즈하의 오빠가 펼치는 눈에도 담기지 않는 초고속 카운터를 얻어맞고 단 일격에 광산 바위 표면에 내던져지고 말았다.

그 모습에 모인 광부들은 한 사람도 남김없이 턱이 빠질 정도로 경악했다.

유즈리하와 스즈하에게 그건 너무 당연한 결과였지만.

"아마조네스 군단장 두 사람조차 마음대로 농락했던 스즈하의 오라버니니까……허세 부릴 상대를 너무 잘못 골랐지."

"정말요. 하지만 저 광산장과 부광산장, 아직 저항을 계속하다니 믿을 수가 없네요. 오빠에겐 어떻게 해도 평생, 앞으로 영원히 대적할 수 없다는 걸 모르는 걸까요? 저라면 이미 울면서 무릎 꿇고 온 힘을 다해 목숨을 구걸하고 있었을 텐데."

"아아, 그건 간단해. 싸우기 전에 내가 저 두 사람의 귓가에서 속삭였거든――『그만큼 큰소리를 쳐놓고 만에 하나 스즈하의 오라버니를 한 대도 못 때리는 추태를 보인다면 사쿠라기 공작가 차기 당주로서 광산장 교체를 진언할 수밖에 없어』라고."

"너무 심하잖아요. 그런 건 당연히 불가능한 거 아닌가요?"

스즈하가 어이없는 얼굴로 말을 이었다.

"오빠는 지금까지 손가락 하나밖에 안 썼어요. 공격도 전부 극한까지 힘 조절을 한 딱밤뿐이고. 그런 핸디캡이 있는데도 이렇게까지 꼴사납게 당했는데 광부들 모두가 동정하는 모습이 완전 제로인 것도 웃기네요."

"저 광산장들 성격상 지금까지도 폭력적으로 부하들을 지배했겠지. 그리고 저 녀석들의 망상 스토리에선 스즈하의 오라버니를 힘껏 후려갈기고 굴복시켜 막상 무언가를 요구할 생각이었을지도."

"……이제 와서 열 받네요. 저도 저 두 사람에게 왕복 따귀 정도는 날려도 될까요?"

"관둬. 스즈하가 진심으로 따귀를 때리면 겉모습만 광산장인 저런 녀석들은 한방에 머리가 떨어지거나 적어도 목뼈가 부러질 거야. 하지만 묘하네——."

왠지 평소랑 다른 것 같다고 유즈리하가 느꼈다.

평소였다면 힘의 차이를 보여주려 해도 좀 더 담담하게 마치 전투 훈련처럼 상대를 때려눕히는 게 스즈하의 오빠였다.

게다가 원래라면 상대에게도 나름대로 배려했을 것이다. 성공할지는 제쳐놓고라도.

그런데 이번에는 어딘가 감정적으로 철저하게 때려눕히고 있는 것 같은데……?

고개를 갸웃거리는 유즈리하 옆에서 스즈하가 나지막이 말했다.

"오빠는 가족들에게 무르니까요."

"응? 무슨 뜻이야?"

유즈리하가 물었다.

그러자 스즈하가 실수했다는 얼굴로 외면했다.

"……아뇨, 아무것도 아니에요."

"아무것도 아닌 게 아닌데? 빨리 말해줘."

무슨 뜻인지 들어야 한다고 유즈리하의 여기사의 감이 알리고 있었다.

몇 번인가 팔꿈치로 찌르며 재촉하자 스즈하가 마지못해 설명했다.

"……오빠는 유즈리하 씨가 바보 취급을 당해서 화난 거예요."

"그, 그게 정말이야……?!"

유즈리하의 표정 근육이 칠칠치 못하게 풀어졌다.

그래, 그래. 스즈하의 오라버니는 날 불쾌한 시선으로부터 막아준 데다 내가 바보 취급당하는 걸 조용히 화내고 있었던 거야?

본인이 바보 취급 당하는 것 따윈 아무렇지도 않은 그

녀석이.

파트너인 내가 바보취급 당했다는 사실에 감정을 드러내다니……!

"……하아. 유즈리하 씨가 분명 우쭐해할 테니까 말하기 싫었는데."

"우, 우쭐해한 적 없거든?!"

"그런 것보다 잘 보세요. 저기, 주위에서 지켜보던 광산 사람들."

"그 사람들이 왜?"

"너무 열광하는 것 같지 않아요……?"

그 말에 유즈리하도 깜짝 놀랐다.

왠지 스즈하네 오빠에 대한 응원이 좀 과열된 것 같은데……?

"오빠가 지금까지 자신들을 학대해온 광산장들을 날려버리고 있다고 생각하면 이해할 수는 있겠네요."

"그렇지. ――그런데 이건 지금 이야기랑 전혀 관계없지만 스즈하는 이런 이야기를 혹시 알아? 여성의 출입이 금지된 남자들만 공동생활을 하고 있는 집단에서는 남색이 유행하기 쉽대. 남색이라는 건 이른바 남성끼리의――."

"……그 이야기와는 전혀 관계없지만 최대한 빨리 돌아가지 않을래요? 자세한 조사는 다음 날, 다시 와서 하면 되잖아요. 오빠 빼고."

"……그래. 나도 그렇게 생각해."

유즈리하가 맥 빠지게 답했다.

왠지 광부들의 스즈하네 오빠를 보는 눈이 하트마크가 된 것 같았다.

7

내가 광산장 일행과 훈련을 한 이후에는 두 사람 다 꽤 얌전해졌다.

유즈리하 씨가 늘어놓은 영웅담도 전혀 거짓은 아니라고 생각한 듯했다.

그 이후 두 사람은 우리에게 미스릴 광산을 안내해줬다. 적어도 표면상으로는.

하지만…….

"역시 이상해."

미스릴 광산 안내가 한 바퀴 끝나고 우리는 관리동이 있는 귀빈실로 안내되었다.

역대 변경백이 방문했을 때도 이 방을 사용했다고 한다.

귀빈실에는 회의용 테이블도 있고 가까이에 수행원용 침실도 갖춰져 있었다. 극진한 접대였다.

"오빠. 뭐가 이상해요?"

"미스릴 산출량이."

침대 위에 오도카니 앉아 스즈하에게 답했다.

참고로 유즈리하 씨는 확인해보고 싶은 게 있다며 나갔다.

"이 정도로 대규모 광산에, 광부들도 많은 인원이 있었는데 역시 산출량이 어떻게 생각해도 너무 적어."

"……그런가요?"

"그래. 이것도 시찰 나오기 전엔 아야노 씨랑 여러 가지를 조사해보고 알게 된 거지만."

"그럼 부정 유출이 되고 있다는 뜻인가요……?"

"가능성은 있어. 오늘은 늦었으니까 내일부터 신중하게 알아봐야겠지만."

"그 광산장과 부광산장, 엄청난 악인 같았으니까 분명 부정 유출에 가담했을 거예요. 그러니까 추궁하는 게 손쉬운 길 아닐까요?"

"그런 짓은 하면 안 돼."

내가 스즈하를 나무라고 있는데 유즈리하 씨가 돌아왔다.

"오셨어요? 유즈리하 씨."

"으음……. 실은 광산 규모에 비해 미스릴 산출량이 좀 적은 것 같아서 광산장들에게 물어봤어. 이건 영지에도 미스릴 광산이 있는 나니까 깨달은 일이지만……."

"아뇨, 오빠는 이미 알고 있었어요."

"스즈하는 조용히 해. ──그래서 유즈리하 씨, 어땠어요?"

"내 감이지만 문제가 있어 보였어. 어쨌든 얼굴이 악인

상이었고.”

유즈리하 씨의 발상은 스즈하랑 같은 레벨이었다.

“그래서 그 광산장들을 좀 고문해보고 싶은데 어때?”

“증거도 없이 고문하면 안 돼요!!”

“나의 여기사와 역전의 공작 영애로서의 감이 알려주고 있어. 명백하게 혐의가 있다고. 깨끗하다고는 생각할 수 없어.”

“그래도 안 된다니까요!”

“오빠, 그럼 제가 미인계를 쓰는 건 어때요?”

“그게 뭐야?!”

“그 녀석들은 오빠랑 유즈리하 씨의 힘은 진심으로 이해하고 있지만 전 어린 소녀라고 깔보고 있는 게 틀림없어요. 그러니까 제가 몽유병이라는 소문을 흘려 심야에 혼자 있을 때 덮치게 하면.”

“당연히 안 되지!!”

“안심해. 그 광산장들은 중견 기사 정도로는 강하지만 스즈하에게 걸리면 벌레처럼 으깨질 테니.”

“그런 문제가 아니거든요?!”

*

그 이후 두 사람을 어떻게든 진정시켰고.

내일 제대로 조사하자는 결론을 내렸을 때 저녁 식사 시간이 되었다.

"오빠, 저녁은 칠리새우래요."

"칠리새우?"

칠리새우는 새우를 맵게 볶은 요리였다.

칠리새우의 칠리가 어떤 의미인지는 견문이 적은 난 잘 모른다. 아마 마술용어겠지.

"역시 육체노동 뒤에는 짭짤한 음식이죠. 안 그래요, 유즈리하 씨?"

"뭐, 그렇지……. 하지만 가능하면 난 스즈하의 오라버니가 직접 만든 칠리새우가 먹고 싶었는데……."

"네, 네. 성에 돌아가면 만들어드릴게요."

칠리새우가 준비된 간부용 식당으로 향하자 기다리고 있던 건 광산장과 부광산장, 그리고 또 한 명. 듣자 하니 광산의 회계책임자라고.

이 사람도 광산장처럼 대머리의 우락부락한 아저씨라 뭐랄까, 산적들의 연회 같은 느낌이 장난 아니었지만 어쨌든 형식적으로는 환대해주는 것 같았다.

그리고 준비된 칠리새우는……굉장히 짜 보였다.

얼마나 짜 보였냐 하면 이런 걸 먹으면 고혈압으로 죽을 것 같을 만큼. 일단 소금이 다 녹지 않아 둥둥 떠 있었다.

광산 채굴 같은 육체노동을 한 이후에는 소금기가 있는

게 더 맛있겠지만 그렇다 해도 정도라는 게 있는데.

설령 독이 들었다 해도 맛이 이상하다는 건 절대로 모를 것 같은 레벨이었다.

"……."

광산장과 일행이 웬일인지 우리를 보면서 히죽거리고 있는 것도 마음에 걸렸다.

그건 얼핏 보기엔 『우리 칠리새우의 짠맛을 견딜 수 있겠어?』라는 느낌이었지만 왠지 비밀스러운 생각을 숨기고 있는 것처럼도 보였다. 그래서.

"앗, 저기 화이트 헤어드 뱀파이어."

『뭐?!』

모두의 주의가 창밖으로 쏠렸을 때 얼른 칠리새우가 담긴 접시를 바꿨다.

우리의 접시를 광산장들에게, 광산장들의 접시를 우리에게.

물론 칠리새우를 몰래 바꿔치기한다고 특별한 문제는 없을 것이다. 보통이라면.

"죄송합니다, 기분 탓이었나 보군요. 그럼 먹어볼까요?"

——그리고 저녁 식사가 시작되고 얼마 후.

광산장 일행 셋이 갑자기 거품을 물고 쓰러졌다.

8

"뭐야……설마 적의 습격인가?!"

"아니에요, 유즈리하 씨."

"오빠 말이 맞아요. 이 사람들은 아마 우리를 고혈압으로 죽이려고 소금을 엄청 넣은 결과 반대로 자신들이 당한 거예요. 그렇게 잘난 척하더니 너무 연약하네요."

"아닌 것 같은데?"

원거리 마법 같은 걸로 저격당했다고 착각하는 유즈리하 씨와 염분 과잉 섭취로 인해 쓰러졌다고 단정하는 스즈하에게 사정을 설명했다.

광산장 일행의 모습이 왠지 모르게 걸렸다는 사실을.

그래서 내가 틈을 봐서 칠리새우 접시를 바꿨다는 사실을.

그러자 우리가 먹어야 했던 칠리새우를 먹은 세 사람 모두 거품 물고 쓰러졌다는 사실을.

"즉……이 녀석들은 오빠에게 독을 먹이려고 했다는 뜻인가요?"

"아직 단정은 할 수 없지만 아마도."

"하지만 왜 귀족이 된 오빠에게 독을 먹으려는 짓을 했을까요? 아니, 그런 짓을 하면 어떻게 되든 일족에 측근까지 말살이 완전 확정이잖아요. 이 사람들이 아무리 바보라 해도 너무나도 바보 같은 그런 짓을 할 이유가……?"

"어쩌면 이미 되돌아갈 수 없는 곳까지 죄를 저지른 걸지도."

만약 미스릴 부정 유출이 발각되면 당연하게도 일족 측근 숙청이 따라온다.

그렇다면 범죄가 드러나는 걸 저지하기 위해 설령 귀족이 상대라 해도 독을 먹일 가능성은 충분이 있겠지.

만약 실패해도 이 이상 죄가 더해질 가능성은 없으니까.

"유즈리하 씨는 어떻게 생각하세요……? 아니, 유즈리하 씨?"

"아, 으응."

내가 말을 걸자 왠지 멍하니 있던 유즈리하 씨가 당황하며 이쪽을 돌아보았다. 왠지 얼굴이 빨갰다.

"왜 그러세요? 설마 유즈리하 씨의 칠리새우에도 독이……?!"

"아니, 그런 게 아니야. 저기……또 그대가 목숨을 구해줬으니까."

"네?"

"물론 내가 잘못한 건 알아. 암살이나 식사에 독을 넣는 일은 보통 서민이었던 그대가 눈치챌 리 없지. 그대가 눈치챘으니 다행이지만 원래라면 내가 알아차려야 했어. 정말 미안해."

"아뇨, 아니에요, 유즈리하 씨 때문이라니, 그런 생각은 요만큼도.”

“그래서 난 크게 반성해야 하는데……아까부터 너무 기뻐서 못 참겠어.”

“네?”

“난 그대를 구하는 장면에서 구하지 못했고 반대로 도움을 받은 한심한 여자야. 그런데 나도 이래선 안 된다는 걸 알지만——그대가 또 내 목숨을 구했다고 생각하면 속수무책으로 마음이 들뜨게 돼.”

눈을 위로 치켜뜨고 뺨을 붉게 물들이며 손을 꼼지락거리며 그런 말을 하면 곤란한데.

이런 경우 난 어떻게 답해야 좋을까.

아무래도 반성하고 있는 것 같은 유즈리하 씨에게 ‘그렇지 않아요!’는 이상하고, 그렇다고 ‘그렇군요’ 해서도 안 되겠지.

나에겐 유즈리하 씨를 비난할 마음 따위 일절 없었다.

그런 생각을 머릿속에서 초고속으로 한 결과 지금은 기세 좋게 강행하기로 했다.

“유즈리하 씨가 몰랐던 사실을 제가 알아차렸다. 그거면 괜찮지 않을까요?”

“하지만 그래서는.”

“나랑 유즈리하 씨는 이미 동료 사이, 아니 이른바 일심동체니까요! 그러니까 어느 한쪽이 몰랐다 해도 나머지 한

쪽이 알아차리면 그걸로 된 거예요. 그렇게 서로 돕는 게 진짜 동료라는 거 아닐까요?! 그러니까 이번에도 전혀 문제없어요!"

"그, 그런 거였어……?!"

"네?"

"그대가 날 파트너로서 그렇게까지 인정하고 있을 줄이야……!"

나의 아주 억지스러운 논리 전개에 웬일인지 유즈리하 씨는 눈물을 글썽이며 감동했다.

어쩐지 유즈리하 씨에게 엉뚱한 오해를 사게 된 것 같기도 하지만.

어떻게든 된 것 같으니 뭐, 됐어.

"그럼 유즈리하 씨. 지금부터 광부들 모두를 구속한 상태에서 이 광산에 대해 자세히 알고 오래 일한 광부를 중심으로 탐문 조사를 시작해볼까요?"

"응? 탐문은 물론 해야 하지만 내일 해도 괜찮지 않아? 그, 그보다 언제 그렇게까지 파트너로서 인정했는지에 대해 자세히……!"

"아뇨, 오늘 하시죠."

원래는 내일부터 하려고 했지만 광산의 톱인 세 사람이 쓰러진 일로 상황이 크게 바뀌었다.

"광부들 중에 있을지도 모르는 협력자가 증거인멸을 꾀

하는 것을 막고 싶습니다."

"——과연. 혹시 있을지 모를 협력자가 광산장이 쓰러진 사실을 알게 되면 오늘 밤이라도 탈주나 증거인멸에 나설 가능성이 높지. 어쨌든 틀림없이 극형을 받을 테니."

"네. 광산장이 쓰러졌다는 사실을 내일까지 숨기는 방법도 있지만 미스릴 부정 유출 상대가 오늘 밤이라도 나타날지도 몰라요. 그때 광산장이 나타나지 않으면 들킬 테니까……스즈하도 괜찮겠어?"

"네. 오빠의 판단에 따를게요."

그 이후 우리들은 거품을 문 광산장 일행을 만약을 위해 밧줄로 빙글빙글 감아두고 일을 끝낸 광부들에게로 향했다.

그 시점에서 난 미스릴 광산 문제에 관해 이걸로 무사히 어떻게든 해결됐다고 내심 안심하고 있었다.

——결과적으로 그건 터무니없는 실수였지만.

9

그 후 셋이서 광부들의 탐문 조사를 실시했다. 가끔은 유즈리하 씨가 왕국 여기사 비전의 고문기술 '그 관절은 그쪽으로 구부러지지 않아'까지 구사해 얻은 정보를 종합한 결과, 미스릴은 한 달에 한 번 만월의 밤에 몰래 반출된다는 사실을 알아냈다.

하늘을 올려다보았다. 평소보다 빨갛게 물든 아주 동그란 달.

즉 오늘 밤이었다.

"그건 그렇고 역시 오빠네요. 정말 부정 거래가 오늘이라니."

"우연이지. 뭐, 광산장 일행이 너무 성급해하길래 뭔가 구린 게 있을 거라고 생각했을 뿐이야. 이번 경우에도 아직 정규 거래일 가능성이 있고."

"아니, 그건 아니겠지. 정상적인 상대라면 낮에 거래하러 왔을 테니까. 미스릴로 잘못 보고 은이라도 쥐여주면 웃어넘길 수 없을 테니까."

"아아, 그래서 뒷거래도 만월의 밤에 하는 거군요. 납득했어요."

거래가 이뤄질 만한 장소도 캐물어 알아냈다.

미스릴 광산 뒤편에 있는 종유동 안쪽 막다른 곳.

마물을 막기 위해 미스릴을 봉납하는 장소에서 이 암거래는 이뤄지고 있는 것인가.

위험성도 컸고 많은 사람이 향하면 눈치채고 도망칠 가능성이 있었기 때문에 광부는 데려가지 않고 나랑 유즈리하 씨, 그리고 스즈하 셋이 미스릴 암거래를 붙잡으러 종유동으로 향했다.

뭐, 유즈리하 씨만 있으면 어떤 상대든 괜찮겠지.

그런 식으로 낙관하고 있었다.

*

머지않아 종유동 입구에 도착한 우리는 숨죽인 채 안으로 들어갔다.

사람이 걸으며 스쳐 지나갈 수 있을지 없을지 의문일 정도로 좁은 동굴.

게다가 바위 쪽은 울퉁불퉁한데 표면은 매끌매끌했다. 종유동의 특징이겠지.

"스즈하. 안 미끄러지게 조심해."

"네, 오빠. 깜깜해서 거의 아무것도 안 보이네요."

"참아. 이야기에 따르면 제단 부분은 천장이 뚫려 하늘이 보인다고 하니까."

"하지만……옮길 미스릴도 생각하면 꽤 많은 인원이 필요할 것 같은데 그런 기척은 전혀 느껴지지 않아……."

"그러게요……들킨 걸까요?"

소곤소곤 작은 목소리로 이야기를 나누며 신중하게 종유동 안으로 들어갔다.

그렇게 걷다 넓은 장소로 나왔다.

좁은 구멍 끝에 있는 뻥 뚫린 커다란 방과 같은 공간.

수십 미터 높이의 천장은 뚫려 있었고 새빨간 만월이 큰 공간을 비추고 있었다.

"……!!"

엄청난 숫자의 병사가 쓰러져 있었다.

어느 나라의 정규병인지 무장한 병사들의 몸이 뿔뿔이 흩어져서 종유동의 큰 공간 한쪽에 흩뿌려져 있었다.

그중에서.

딱 한 명 살아있는 상대와 눈이 마주쳤다.

넓은 공간 가장 안쪽에서 조용히 멈춰 서 있던 그 녀석은 날 인식하자 『히죽』하고 기쁜 듯 입꼬리를 일그러뜨렸다. 그리고 피보다 진한 붉은 눈으로 날 바라본 채 천천히 움직였다.

"두 사람 다 내 뒤로 숨어――!"

"오빠……?!"

"그대, 설마――!"

극도로 긴박한 내 지시에 두 사람도 무언가 알아차린 듯했다.

그건 잘못 볼 수도 없는 상대. 설마 이런 곳에서 다시 싸우게 될 줄이야.

그 녀석의 얼굴을 구름에서 얼굴을 내민 달빛이 비췄다.

허리까지 닿은 새하얀 머리칼.

겉모습만이라면 한여름의 귀족 영애처럼도 보였다.

하지만 그 실체는 목격한 모든 생명을 베어버리는, 그야말로 전설의 사신.

뒤에서 '히익' 하는 소리를 흘린 건 스즈하와 유즈리하 씨 중 어느 쪽일까.

화이트 헤어드 뱀파이어가 날 향해 달려들었다——!

10 (유즈리하 시점)

설마 다시 한번 목격할 줄은 꿈에도 생각 못 했다.

유즈리하가 처음으로 스즈하 오빠와 멀리 여행을 떠났던 신입생 고블린 퇴치 시험 보조.

그곳에서 맞닥뜨린——화이트 헤어드 뱀파이어.

겉모습은 무시무시하게 마른, 이 세상의 것이라고는 생각할 수 없을 만큼 아름다운 소녀.

새하얀 원피스에 밀짚모자를 써서 마치 한여름의 아가씨 같았다.

하지만 그 눈동자는 혈액보다 더욱 진한 새빨간 색.

그건 목격한 자를 전부 죽인다는 전설의 악마.

그건 혼자서 나라를 멸망시킨 기록조차 다수 존재하는 최악의 재액.

스즈하와 그 오빠가 살던 마을을 파괴한 존재라고 스즈하는 말했다.

"왜 이 녀석이 이런 곳에——!"

전 세계에 넘쳐나는 폭력과 불합리함이 응축되어 굳어진 것 같은 존재를 앞에 두고, 유즈리하는 그렇게 내뱉는 것밖에 할 수 없었다.

시야 끝에선 스즈하의 오빠와 화이트 헤어드 뱀파이어가 어마어마한 사투를 벌이고 있었다.

스즈하 오빠조차 확실하게 이긴다고는 말할 수 없는, 유즈리하가 알기로는 유일한 존재.

그게 화이트 헤어드 뱀파이어라는 이름의 악마였다.

"애초에 저 녀석은 스즈하의 오라버니에게 오른팔을 빼앗겼잖아——!"

눈앞에 펼쳐진 것은 지옥이라고 유즈리하는 생각했다.

다리가 떨려서 도저히 움직일 수 없었다.

한심하지만 자신이 스즈하의 오빠에게 도움을 주는 건 레벨이 너무 차이가 나서 불가능했다. 오히려 스즈하 오빠의 방해가 되는 미래밖에 보이지 않았다.

그렇다면 적어도 이 자리에서 도망치는 게 스즈하 오빠

가 조금은 싸우기 쉽겠지. 그건 백번 알고도 남았다.
하지만.
유즈리하의 여기사로서의 본능이 등을 보이면 죽는다고 경종을 울리고 있었다.
그래서 유즈리하는.
스즈하 오빠가 싸우면서 자신의 목숨을 지켜주는 등 뒤를 이를 악물고 그저 지켜주는 것밖에 할 수 없었다——.
"유즈리하 씨, 눈치채셨어요?"
"뭘?"
"저 악마 오른팔이요."
"재생된 것 같은데. 정말 화가 나네."
유즈리하처럼 한 걸음도 움직이지 못하고 오빠의 싸움에서 눈을 떼지 못한 채 말만 하는 스즈하를 향해 그렇게 답하자, 스즈하의 이마에 땀이 맺혔다.
"잘 보세요, 저 팔 미스릴로 되어 있어요."
"뭐야?!"
"——분명 저 악마는 오빠와 싸우기 위해선 그냥 오른팔을 재생시키는 것만으로는 안 된다고 판단했겠죠. 그래서 이 광산의 미스릴을 받아 자신의 오른팔을 다시 만들어낸 거 아닐까요——?"
"그런 바보 같은 일이……."
입으로는 부정하면서도 유즈리하의 직감은 스즈하의 생

각이 옳다고 말했다.

너무나도 이치에 맞았으니까.

아니라면, 아무리 미스릴과 마물의 친화성이 높다고 해도 이렇게 화이트 헤어드 뱀파이어와 미스릴 광산에서 조우했을까.

그리고 또 하나의 이유.

미스릴은 질이 좋을수록, 마물이 강력할수록 서로의 친화성을 높인다.

유즈리하는 지식으로서 그 사실을 알고 있었다.

그리고 상대는 평범하지 않은 악마. 산출되는 미스릴도 확인해보기엔 지극히 질이 좋았다.

그렇다면 화이트 헤어드 뱀파이어가 미스릴 오른팔을 만들었다 해도——이상하지 않았다.

"그래서 저 악마가 이렇게 강해졌다는 거야……?!"

왜 화이트 헤어드 뱀파이어가 이전보다 강해진 것인가.

녀석의 힘이 이전과 똑같다면 그때보다 강해진 스즈하 오빠가 고전할 리가 없는데——!

"……가만히 있어요. 우리는 상대도 안 될 테니까……."

"그럴 수밖에 없겠지……."

다행이라 해야 할까 아니면 화가 난다고 해야 할까.

화이트 헤어드 뱀파이어는 스즈하 오빠밖에 안중에도 없다는 사실이 명백했고 유즈리하와 스즈하는 길가의 돌멩이 정도로도 인식하지 않는다는 걸 그들도 알 수 있었다.

그래서 유즈리하와 스즈하는 숨죽인 채, 스즈하 오빠가 믿을 수 없을 정도의 힘으로 자신들을 지켜주는 모습을 그저 바라볼 수밖에 없었다.

*

그 이후 얼마의 시간이 흘렀을까.

만약 좌우 양팔이 모두 미스릴이었다면 스즈하 오빠는 이기지 못했을지도 모른다. 그 정도의 접전이었다.

하지만 실제로 화이트 헤어드 뱀파이어가 미스릴인 건 오른팔뿐이었고, 그 추가된 부분보다도 유즈리하나 스즈하와 함께 단련해온 스즈하 오빠의 성장이 아주 조금 더 상회했던 모양이다.

스즈하의 오빠가 조금씩 우위에 서기 시작하자 화이트 헤어드 뱀파이어도 점점 기어를 올렸다.

하지만 그건 이미 최고조였던 텐션을 억지로 끌어올린 것이었다.

곧 한계가 찾아올 건 자명한 이치.

그리고 드디어 그 순간이 찾아왔다.

파지직, 무언가가 깨지는 소리가 들리더니.

화이트 헤어드 뱀파이어의 오른팔이 눈부실 정도로 빛나면서――.

대폭발을 일으켰다.
광산 밖에서 본 그것은 광선의 격류가 하늘로 향하는 모습이었다.
마치 일직선으로 분화한 것처럼――.

11 (유즈리하 시점)

"――리하 씨, 유즈리하 씨."
"흠냐……?"
유즈리하가 눈을 뜨자 눈앞에서 스즈하 오빠가 '다행이다'라고 말하며 미소 지었다.
"그대……? 여긴 천국이야……?"
"전에도 그런 말 했었죠? 하지만 아니에요."
"……저기……?"
머리를 흔들며 생각을 정리했다.
분명 화이트 헤어드 뱀파이어의 오른팔이 빛난 후 대폭발을 일으키고――.
그 대폭발에서 어떻게 살아 있는지 유즈리하는 잠시 생각한 후 납득했다.

과연, 그래서 스즈하의 오라버니가 눈앞에 있는 것인가.

내가 이렇게 살아있는 건 나의 파트너가 이전에도 그랬던 것처럼 내 몸을 치료했기 때문이겠지.

"날 치료해준 거지? 고마워, 또 네가 내 목숨을 구했어."

"아뇨, 당치도 않아요. 하지만 이번에는 상처도 없어요."

"그건 좀 아쉽기도 하지만——그래서 쓰러뜨렸어?"

"모르겠어요."

스즈하의 오빠가 괴로운 표정으로 하늘을 올려다보았다.

어느새 해가 비치고 있었다. 몇 시간이나 잠들어 있었던 모양이다.

"화이트 헤어드 뱀파이어 같은 건 전혀 찾을 수 없었어요. 그러니까 천장으로 도망쳤을 가능성이 있어요."

"그래?"

천장까지는 수십 미터는 되지만 화이트 헤어드 뱀파이어의 다리 힘이라면 뛰어넘는 건 충분히 가능하다고 유즈리하는 생각했다.

물론 대폭발로 인해 사체도 남지 않았을 가능성이 더 크겠지만.

"아무튼 또 그대의 승리야. 아버님이나 토코가 들으면 기겁하겠지."

"뭐, 이번에는 팔 같은 증거도 없으니까 믿어주지 않겠지만요."

"그렇지 않아."

적어도 유즈리하의 아버지인 공작이나 여왕 토코는 일절 의심하지 않고 믿을 게 틀림없었다. 신뢰와 실적이 다르니까.

"그럼. 유즈리하 씨, 일어날 수 있겠어요?"

"응……좀 어렵겠는데."

"손 빌려드려요?"

"고마워."

그렇게 말하자 배려한 것인지 스즈하의 오빠가 끌어안을 만한 거리로 다가왔다.

으, 으응……?

이, 이건 이른바 뽀뽀를 기다리는 거리잖아……!!

느닷없는 행운에 당황하면서도, 동료 여기사로부터 얻은 지식을 풀회전시킨 유즈리하가 두근거리는 마음으로 가만히 눈을 감고 입술을 내밀면서 뽀뽀의 자세를──!

"우뉴."

……우뉴?

"뭐야……?"

어울리지 않는 신음 소리에 눈을 뜨자 스즈하의 오빠 머리 위로 소녀가 올라가 있었다.

어디서 봐도 철저히 어린 소녀였다.

눈보다 새하얀 머리칼. 혈액보다 빨간 눈동자.

한여름의 아가씨를 연상시키는 듯한 서머 드레스를 입고 있지만 아주 헐렁해서 사이즈가 맞지 않았다.

"있잖아. 화이트 헤어드 뱀파이어와 똑 닮은 그 소녀는 대체 누구야……?"

"……글쎄요?"

*

그 이후 스즈하의 오빠와 유즈리하가 여러 가지를 알아봤지만 이 어린 소녀의 정체가 무엇인지는 결국 알 수 없었다.

뭘 물어도 '우뉴'라고밖에 답하지 않으니까.

그 특징은 그대로 화이트 헤어드 뱀파이어였지만 스즈하의 오빠에 대한 적의는 보이지 않았다.

오른손은 평범했고.

그리고 유즈리하에게는 꼭 확인해야 할 일이 한 가지.

"설마 그대의 숨겨둔 아이는 아니겠지……?"

"그럴 리가 없잖아요!!"

"농담이야. 아니, 완전 농담은 아니지만."

긍정했다면 인생 설계가 근본부터 붕괴할 질문을 그가 부정하자 유즈리하는 일단 가슴을 쓸어내렸다.

"설마 화이트 헤어드 뱀파이어가 환생한 건가?"
"글쎄요……죽고 다시 태어나기에는 시간이 너무 짧은 것 같은데요."
"그럼 화이트 헤어드 뱀파이어의 아이인가?"
"그럴 경우 화이트 헤어드 뱀파이어가 살아남았다면 데리러 오려나요……?"
"설령 농담이라 해도 그건 싫어."
"왕족이나 고위 귀족의 비전에서 뭔가 알 수 없을까요?"
"확인은 해보겠지만 가망이 거의 없겠지……어쨌든 본 자를 전부 죽인다는 전설의 악마니까."
스즈하의 오빠가 어린 소녀를 머리에 얹은 채 이야기에 열중하고 있는데 스즈하가 '으읏……' 하고 소리를 흘렸다. 정신이 든 것 같았다.
"잠깐 깨우고 올게요."
"응."
유즈리하도 일어났다.
일단 생각해야 할 일이 너무 많았다.
그 후 자신과 완전히 같은 흐름을 거쳐서, "우뉴—" 하는 행동에도 뽀뽀를 기다리는 자세를 계속 취하던 스즈하의 후두부에 손바닥을 세워 내리친 후 대폭발로 대부분이 날아가 버린 종유동을 바라보고 있는데——.

"……응? 혹시 오리할콘 아니야……?!"

미스릴보다 더욱더 희소한 환상의 금속.
오리할콘의 광상이 드러나 있었다――.

3장 조인식

1

미스릴 광산에서 돌아온 날 기다리고 있던 것.

그건 집무실 서류에 파묻혀있던 아야노 씨의 원망하는 듯한 경멸 섞인 눈이었다.

"괴, 굉장한 상황이네……? 저기, 이건 선물인 오리할콘."

"……이 오리할콘 광석, 아주 잘 만든 가짜네요. 어느 선물 가게에서 사셨습니까?"

"진짜 오리할콘 같던데? 유즈리하 씨가 그렇게 말했어."

"그럴 리가 없죠. 이 정도 사이즈의 오리할콘 광석이 만약 진짜라면 대륙의 모든 나라에서 큰 소동이 일어날 겁니다."

"가짜가 아닌 것 같던데?"

일단 광맥이 노출된 곳에서 주워 온 것이었다.

그 이후 유즈리하 씨의 당황한 듯한 모습과 아주 엄중할 정도의 함구령을 봐도 미스릴보다 희소한 금속일 거라는 상상은 할 수 있었다.

그게 어떤 물건인지 구체적으로는 잘 모르지만.

"그리고 하나 더. 각하 머리 위에 올라가 있는 백발의 어린 소녀는 각하의 숨겨둔 아이입니까?"

"그럴 리가 없잖아!!"

왜 다들 나에게 숨겨둔 아이가 있을 거라고 의심하는 거지?

납득이 안 가네.

“이 아이는 말이지……잘 모르겠어.”

“무슨 뜻이죠?”

아야노 씨에게 설명했다.

우리가 화이트 헤어드 뱀파이어와 사투를 벌인 결과 빛의 대폭발이 일어났고, 그 이후 화이트 헤어드 뱀파이어가 사라진 대신 이 어린 소녀가 나타났다고.

새하얀 머리칼이나 빨간 눈동자 등 화이트 헤어드 뱀파이어와 특징이 똑같다고.

내가 말을 이어가자 의심스러워하던 아야노 씨의 표정이 점점 굳는 게 느껴졌다.

“각하? 즉 이 어린 소녀는 화이트 헤어드 뱀파이어와 뭔가 관련이 있다는……?”

“그건 단정 못 하지만……어쨌든 광산에 그냥 내버려 둘 순 없잖아? 그래서 데리고 왔어.”

“……하아. 각하는 신경이 유들유들하달까, 너무 대담해 어이가 없달까…….”

“말이 너무 심한 거 아니야?!”

나도 아야노 씨가 하려는 말 정도는 안다.

분명 화이트 헤어드 뱀파이어와 조금이라도 관계가 있

을 것 같다면 죽여 버리는 게 정답이겠지. 적어도 통치자의 도리로는.

하지만 나에겐 아무래도 그게 불가능했다.

만약 어느 쪽을 택할 거냐고 묻는다면 난 변경백을 버리고 이 아이를 데리고 스즈하와 어딘가 숲속으로 가서 살겠지.

왜냐하면 이 아이가 무슨 짓을 한 게 아니니까. 그게 서민의 마음가짐이었다.

이 아이가 화이트 헤어드 뱀파이어와 관계가 있다고 확정된다면 몰라도――.

"그래서 그 아이는 이름이 뭔가요?"

"우뉴코."

"……네?"

"이 아이는 뭘 물어도 『우뉴』라고밖에 말 안 해. 그래서 우뉴코."

"우뉴."

"……각하의 네이밍 센스가 전무하다는 건 잘 알겠습니다."

꽤 자주 들은 말이었다.

그 이후 일단 상태를 확인하기 위해 견습 메이드로 데리고 있어야 한다는 아야노 씨 말에 동의해 우뉴코는 꼬마 소녀 메이드가 되었다.

본인에게 '그래도 괜찮겠어?'라고 물었더니 고개를 끄덕이며 '우뉴'라고 말했으니 아마도 괜찮겠지.

"그럼 우뉴코의 선배 메이드를 부를게. 카나——."

"부르셔서 바로 왔습니다."

내가 다 부르기도 전에 우리 집 우수한 메이드인 카나데가 나타났다.

대체 어떻게 하는 건지 정말 알 수가 없었다.

그리고 카나데는 후배가 될 우뉴코의 얼굴을 빤히 바라보고는…….

"……겹쳐. 캐릭터가."

"우뉴?"

아니, 은발 소녀와 백발 꼬마 소녀니까 그렇게까지 겹치진 않는 것 같은데.

그러자 이번에는 카나데가 우뉴코를 가슴으로 끌어안았다.

"하지만 가슴은 카나데 승리."

"우뉴?!"

"뭘 경쟁하는 거야?!"

미숙한 체형에 어울리지 않는 카나데의 아주 풍만한 가슴에 안긴 결과 코와 입이 막힌 우뉴코가 버둥버둥 날뛰었다.

얼핏 보기엔 서로 장난치는 것 같지만 진심으로 숨을 못 쉬는 거겠지.

"잠깐, 카나데. 그만 놔줘."

"우, 우뉴……."

"등급 평가 끝났어."

카나데에게서 우뉴코를 억지로 떼어냈다. 살짝 울상인 우뉴코와 대조적으로 카나데는 웬일인지 의기양양한 얼굴이었다.

어린 소녀를 상대로 가슴 크기로 우위를 차지하다니, 어른스러운 건지 어린애 같은 건지 잘 모르겠어.

"앞으로는 카나데가 메이드장으로서 엄격하게 단련시켜 줄게."

"우뉴."

"메이드의 길은 하루아침에 이뤄지는 것이 아니야."

"우뉴!"

친해질 것 같으니 이걸로 괜찮지 않을까 생각했다.

*

우뉴코 이야기가 일단락되고 난 신경 쓰였던 사실을 물었다.

"그런데 아야노 씨, 왜 서류가 이렇게 많아?"

적어도 내가 미스릴 광산으로 떠나기 전에는 이런 참상이 벌어지진 않았다. 그러자.

"각하가 성을 비우신 사이에 토코 여왕님으로부터 웬타스 공국과의 정전 협정 조인식이 결정됐다는 연락이 있었습니다. 그 조인식 준비로 아주 바쁩니다."

"정전 협정 조인이라. 어디서 하는데?"

"이 성에서요."

"뭐?"

놀란 나였지만 잠시 생각한 후 납득했다.

로엔그린 변경백령은 양국의 국경 근처에 위치하고 있기 때문에 어느 한쪽의 왕도에서 하는 것보다는 편리할 것이다.

게다가 데리고 온 채로 놔둔 전직 적군 사령관들 인질 모두가 여기 있어서 정전이 되면 함께 데려갈 수 있을 테니 다행이었다.

생각하면 할수록 이 성에서 하는 게 합리적이지만, 그래도 이상한 점이 있었다.

"으——음……."

아야노 씨만큼 우수하면 조인식 준비 정도는 시원스런 얼굴로 처리해버릴 것 같았기 때문이다.

예상된 일을 앞질러 하고 완벽하게 사전 준비를 해놓는 게 치트 문관인 아야노 씨니까.

그런 의문은 아야노 씨의 다음 말로 풀렸다.

"그 조인식에는 토코 여왕님도 출석하신다고 합니다. 게다가 주요 각국에서 게스트도 초대하게 됐고요."

"뭐? 토코 씨도 온다고? 게다가 주요 각국이라니."

"평범하게 당사국의 전권대사가 와서 조인하기만 한다면 훨씬 편할 텐데……. 평소엔 이런 변경에 각국의 게스트를 부르는 일은 안 합니다. 토코 여왕님으로선 각하의 소개도 함께 하시려는 의도겠지요."

"날 소개하는 건 잘 모르겠지만 애초에 이런 변방으로 부른다 해도 각국의 게스트들이 안 오지 않을까?"

"보통은 안 오겠지만 이번에는 올 겁니다. 각하는 오거의 이상 번식으로부터 대륙을 구한 영웅이니까요."

"그건 그냥 우연이었는데……?"

"단순한 우연으로 세계를 구했다면 대단하다고 생각합니다만."

과연. 그런 견해도 있을지 모르지.

"아마조네스족은 모든 일족의 참가를 열망해 토코 여왕님이 어떻게든 대표자만 참가하도록 저지한 것 같아요. 그 상황을 전해 들은 각국도 각하에게 한번 인사를 하고자 요인들이 차례차례 참가 표명을 한 모양입니다."

"흐에엣……."

"뭐, 여기까지는 토코 여왕님의 생각대로라고 할까요."

과연, 그래서 이 산처럼 쌓인 서류더미 속에 파묻힌 것인가.

아야노 씨도 힘들었겠어.

어쨌든 다양한 나라의 사람들이 모인다는 건 그만큼 성가신 일이니까.

나라에 따라 먹으면 안 되는 음식이나 금기, 풍습이 있기 때문에 예비 조사를 철저히 해야 하겠지.

“토코 여왕님도 조만간 이쪽으로 오실 겁니다.”

“토코 씨도 힘들겠어. 그보다 이쪽에 와도 되는 거야?”

“아직 체제가 견고해지지 않은 시기라 보통이라면 완전 아웃이겠지만 이번만은 괜찮겠죠. 정적은 대숙청되었고 뜻밖의 비장의 카드가 이 변방에 숨겨져 있으니까요.”

“확실히 유즈리하 씨가 있으면 무서워서 쿠데타도 못 일으키겠지.”

“정말 두려워하는 건 틀림없이……뭐, 딱히 상관은 없지만요.”

웬일인지 아야노 씨가 어이없다는 표정을 지었다.

집무실을 나서자 기다리고 있었던 듯 유즈리하 씨가 말을 걸었다.

“유즈리하 씨도 들어오시지 그랬어요.”

“그러려고 했는데 서류더미가 힐끔 보이길래 겁이 나서…….”

일단 공작 영애와 서서 이야기를 끝낼 순 없었기에 응접실로 안내했다.

평소에 그런 건 신경 쓰지 않았던 것도 같지만 그건 그거.

응접실에 앉자 메이드인 카나데가 곧장 차를 타주었다. 역시 우리 메이드.

카나데 머리에 우뉴코가 올라가 있는 건 못 본 척하기로 했다.

“그런데 무슨 일이에요, 유즈리하 씨?”

“으음. 토코가 이쪽에 올 날짜 말인데, 아야노의 예측보다 빠를 거야.”

“그건?”

“우뉴코랑 오리할콘 일이 있으니 곧장 이쪽으로 오라고 편지로 재촉했거든.”

“그러셨어요?”

“뭐, 조인식 일정은 변함없겠지만.”

나로서는 토코 씨가 이쪽에 오래 머무르니 만만세였다.

계속 바빴을 테니 여기서 좀 편히 쉬었으면 좋겠는데.

3

유즈리하 씨가 말한 대로 토코 씨는 예정보다 훨씬 빨리 도착했다.

그리고 토코 씨 바로 뒤를 따라 조인식을 거행하기 위한 경비병이나 사무 관리인, 그 이후 열릴 파티용 요리사, 메이드 부대, 파티용 드레스를 만들 디자이너까지 순차적으로 찾아왔다. 대단히 도움이 됐다.

그런 토코 씨는 우리 이야기를 다 듣고 힘껏 머리를 감싸 안았다.

“아니, 아니, 아니, 그건 이상해……! 오리할콘이 발견된 것만으로도 대륙 안을 뒤흔들 큰 뉴스인데 그 광맥이라니, 무슨 뜻이야?! 게다가 화이트 헤어드 뱀파이어의 아이 버전이라니 정말 전대미문 아냐?! 무슨 말인지 하나도 모르겠어!”

“안심해, 토코. 나도 하나도 모르겠으니까.”

“뭘 잘난 듯 거대한 가슴을 펴는 거야, 이 멍청한 공작 영애!”

“훗. 내 파트너를 귀족으로 만든 데다 들에 풀어놓았잖아, 큰 성과를 올릴 건 예상하고 있었으면서.”

“그야 조금은 기대했지만! 갑자기 세계가 뒤집힐 만한 엄청 큰 폭탄을 2개나 껴안게 될 줄은 예상 못 했어!!”

눈앞에서 토코 씨랑 유즈리하 씨가 의문의 말다툼을 하고 있는데 그건 그렇다 치자.

“토코 씨, 일단 진정하세요. 여기 차요.”

“고, 고마워. ……역시 스즈하 오빠의 차는 맛있어.”

“나도 차 한 잔만. 그럼 토코, 여왕으로서 앞으로의 방침은 어떻게 세울래?"

차를 홀짝홀짝 마신 토코 씨가 한숨 돌린 후 유즈리하 씨에게 답했다.

"일단 보류야, 보류."

"어째서?"

"정보가 너무 부족하니까. ──오리할콘도 우뉴코도 잘 사용하면 그것만으로도 대륙통일이 가능한 레벨의 장난 아닌 소재지만 잘못하면 반대로 대륙을 통째로 날려버릴 우려도 크니까. 그럼 우선 정보를 모을 수밖에 없잖아?"

"과연. 정보가 모일 때까지는?"

"스즈하 오빠에게 맡겨둘 수밖에 없겠지. 다행히 지금은 무사평온한 것 같고 뭐, 스즈하 오빠라면 나쁜 일은 안 생기겠지?"

"나도 그렇게 생각해."

"그렇지. 뭐, 오리할콘 채굴 정도는 해도 될 것 같은데?"

"그것도 관두는 게 좋겠어. 분명 괜찮겠지만 만에 하나 특수한 채굴법이 따로 있고 그냥 채굴하다 오리할콘이 엉망이 되기라도 하면 눈 뜨고 볼 수 없을 테니까."

"그것도 그런가?"

"일단 눈앞의 조인식에 전력투구해야겠지……후훗. 나랑 나의 파트너가 국제적으로 처음 선보이는 자리니까. 드레스는 어떻게 할까──으음, 순백의 웨딩드레스는 대관식에서 토코에게 선수를 빼앗겼고……역시 새하얀 예복……?"

"잠깐, 난 그럴 생각이……?!"

"호오. 전혀 그럴 생각 없었다고 신께 맹세할 수 있어?"

"……응, 미안. 사과의 뜻으로 비용은 전액 내가 낼 테니까 드레스는 유즈리하도 스즈하도 셋이 커플로——."

눈앞에서 나로서는 잘 모르겠지만 중요한 듯한 사항이 차례차례 결정되었다.

역시 여왕님과 공작영애라고 크게 감탄했다.

*

토코 씨가 포로 전원을 보고 싶다고 해서 성 지하로 안내했다.

이런 귀족의 성에는 대부분 범죄자를 수용하거나 고문하기 위한 지하 감옥이 있다.

원래 변경백이 늘 거처하는 성이라 이 성의 감옥은 왕성에도 지지 않을 정도로 넓지만 그래도 지금은 만원사례 상태.

포로가 된 적국의 사령관들이 빽빽하게 붙잡혀 있으니 어쩔 수 없다.

"시끄러워."

갑작스러운 적국 여왕의 등장에 포로들이 제각기 큰소

리를 쳤지만 선두에서 안내 역할을 하던 메이드 카나데가 한마디 하자 한순간에 고요해졌다.

"……있잖아, 스즈하 오빠. 이건 어떻게 된 일이야?"

"그러니까, 우리 메이드는 우수해서 감옥지기도 겸임하고 있는데요. 저도 뒤에 알게 됐는데 처음에 포로들이 일제히 봉기했다고 해요. 그걸 카나데가 혼자――."

"엉망으로 만들었어."

흐흐흥 의기양양한 얼굴로 가슴을 쭉 펴는 카나데.

뭐, 엉망으로 만들었다는 건 역시 말장난이겠지만.

"제가 듣기로는 어느 날 밤 카나데가 혼자 수백 명의 반역 포로를 상대로 싸우고 한 사람도 남기지 않고 때려눕혔다고 하더군요."

"에헷."

"게다가 상당히 섬뜩하게 혼내줬다는 것 같던데."

실제로 평범하게 생각해보면 메이드가 수백 명의 병사를 혼자 때려눕혔을 리 없겠지.

유즈리하 씨도 아니고.

그러니 과장이긴 하겠지만 카나데가 그렇게 우겨대니 어쩔 수 없었다.

"흐음. 스즈하 오빠, 섬뜩하게 혼내줬다면 어떤 식으로?"

"카나데 왈, 상대의 마음을 산산조각내고 두 번 다시 저항할 생각 못 하도록 자존심을 근본부터 깨부쉈대요."

참고로 상세한 내용은 '메이드의 비밀'이라고 알려주지 않았지만.

그래서 카나데가 구체적으로 뭘 어떻게 했는지는 불명확했지만 알고 있는 사실이 하나 있다.

그건 다음 날 아침, 순찰 담당 병사가 발견했을 때 포로인 험상궂은 남자들이 한 명도 남김없이 엉덩이를 지키려는 듯 양손을 대고 겁먹은 새끼강아지처럼 덜덜 떨고 있었다는 사실이다. 게다가 전라로.

"중요한 인질이니까 난폭한 짓은 하지 말라고 했지만 일제히 봉기해 탈주하려고 했으니 어쩔 수 없었던 모양이에요."

"죽이지 않은 것만으로 다행이지."

"맞아."

그래서 이 일에 관해 난 쓴웃음을 지으면서도 카나데를 칭찬했는데, 내 이야기를 듣고 토코 씨는 무언가 번뜩인 듯했다.

"——그건 꽤 쓸모가 있을지 몰라."

"무슨 뜻인가요?"

"포로의 얼굴을 보면 웬타스 공국 유력 귀족의 당주나 차기 당주가 꽤 있는 것 같으니까. 이 녀석들에게 철저하게 트라우마를 심어줘서 우리 나라에 절대 거역하지 못하도록 영혼 깊숙한 곳부터 조교해버리면……!"

"네?"

"애초에 스즈하 오빠의 메이드가 할 수 있는 일을 스즈하 오빠가 못할 리 없잖아……그래, 스즈하 오빠가 얼마나 터무니없이 강하고 그럴 마음만 먹으면 모두 다 손가락 하나로 탁 부숴버릴 수 있는지를 녀석들이 울부짖을 때까지 영혼에 철저하게 새겨준다면……?! 그거 좋은데? 이 녀석들이라면 웬타스 공국의 귀족 사회에 아주 큰 영향력이 있을 테고 잘 되면 내부 분열까지 기대할 수 있겠어……!"

토코 씨가 무슨 말인가 중얼거렸다.

아마도 기발한 음모라도 떠오른 것이겠지.

그야 굉장히 나쁜 얼굴을 하고 있으니까.

"있잖아, 스즈하 오빠, 부탁이 좀 있는데!"

"뭔가요?"

토코 씨가 잠시 생각한 후 답했다.

"오늘부터 조인식에서 포로가 반환될 때까지의 기간 동안 매일 포로들에게 스즈하 오빠의 훈련을 보여줬으면 좋겠어."

"……네?"

"스즈하 오빠라면 어차피 스즈하나 유즈리하와 훈련을 하고 있겠지? 그걸 매일 포로들 모두에게 남김없이 보여줬으면 좋겠어. 마사지는 필요 없으니까 싸우는 부분까지 박력 있게!"

"그건 할 수 있는데요……."

"나머지는 그래, 시범도 넣어주면 좋을 것 같은데. 유즈리하의 펀치 한 방에 큰 바위가 부서지거나 스즈하의 돌려차기로 큰 곰이 하늘 저쪽으로 날아가거나. 그렇게 하면 그런 괴물을 상대로 절대로 지지 않는 스즈하 오빠의 힘도 보다 눈에 띄겠지!"

"……저기, 알겠습니다?"

토코 씨의 의도는 잘 모르겠지만 일단 스즈하와 유즈리하 씨에게 물어보니 두 사람 다 엄청 좋아하며 승낙했다.

두 사람 다 단순히 서류 업무 없이 훈련을 할 수 있는 구실이 생긴 게 기뻤던 모양이다.

그래서.

그날부터 조인식까지 우리는 포로들 앞에서 훈련을 하게 되었다.

웬일인지 포로 모두의 안색은 나날이 창백해져갔지만.

유즈리하 씨나 스즈하가 굉장히 즐거워 보여서 신경 쓰지 않기로 했다.

3

그날도 내가 집무실에서 서류더미와 격투하고 있을 때 왠지 기분 좋아 보이는 스즈하가 들어와 이런 말을 내뱉었다.

"오빠. 호수에 수영하러 안 갈래요?"

"호수?"

"네. 토코 씨 말로는 성 근처에 멋진 호수가 있대요. 땅 속에서 솟은 온수로 만든 호수라 겨울에도 1년 내내 쾌적한 온도로 수영할 수 있다던데요. 게다가 수영복까지 만들어주셨고."

"왜 수영복까지?"

"이야기하면 길지만——애초에 정전 협정 조인식을 끝낸 뒤에는 출석자들이 모인 파티를 개최될 거고 그걸 위해 토코 씨가 디자이너를 불렀거든요. 파티 때 입을 드레스를 우리 것까지도 새로 준비해야 한다고."

"흐음."

귀족 세계라는 건 그런 것이라고는 이해하고 있었지만 본성이 서민인 나로서는 아무래도 아깝다는 의식이 발동되고 만다.

스즈하의 드레스는 사쿠라기 공작가에서 열린 개선 파티 때 준비했던 좋은 게 있잖아.

그런 오빠의 생각을 꿰뚫어 본 듯 스즈하가 수줍게 알렸다.

"이전 드레스도 입어봤는데, 가슴 부분이 너무 빵빵해져서."

"……."

"처음 준비했을 때보다 가슴 컵이 대충 3사이즈 정도 커진 것 같아요. 성장기니까 어쩔 수 없다고 다들 말해줬지만 그걸 무리하게 입으면 눌린 가슴이 옆으로 불거져 나와 굉장히 야한 느낌이라."

"알았어. 드레스를 새로 준비해."

"고마워요, 오빠."

역시 나도 여동생에게 파렴치한 차림을 시킬 생각은 털끝만큼도 없었다.

"그래서 드레스를 새로 만들기 위해 치수를 잴 때 수영복도 만들자는 이야기가 나와서. 우리 수영복은 주문 제작이 아니면 가슴 부분이 절대로 안 들어가고 토코 씨가 드레스랑 함께 왕실 예산으로 마련해줄 테니 공짜로 얻을 수 있으니까 좋은 기회인 것 같아서요."

"꽤나 통이 크시네."

"네. 대신 오빠를 호수로 초대하라고――아니, 모처럼 수영복을 만들게 됐으니 수영하러 가보자는 이야기가 나왔거든요. 그러니까 어때요, 오빠?!"

기대에 가득 찬 눈동자로 바라보면 좀 곤란한데.

무슨 말을 하든 대답은 정해져 있으니까.

"――있잖아, 스즈하. 이 상황에서 내가 갈 수 있을 것 같아?"

"앗……."

내가 서류더미를 둘러보면서 탄식하자 역시 스즈하도 눈치챈 듯했다.

나와 함께 서류 업무를 하고 있는 아야노 씨가 손을 멈추지 않은 채 스즈하를 바라보며 싱긋 웃어 보였다. 굉장히 무서웠다.

뭐랄까 '갈 수 있으면 가봐, 이 녀석아'라는 오라가 느껴졌다.

그래도 스즈하는 기죽지 않았다.

마치 왕국 최상위 귀족 직계 장녀에게 '꼭, 꼭 권유 성공시키고 와. 실패하면……알지?'라고 협박이라도 받은 것처럼.

"하, 하지만 오빠, 휴식도 중요해요!! 그래요, 아야노 씨나 카나데, 우뉴코도 포함해서 다 같이 친목회 겸 나가요!"

"그러니까 무리야. 포로도 있고 성급한 내빈이 언제 도착할지도 모르는데, 다 같이 나갈 수 있을 리가 없잖아?"

"정말요. ——이 서류더미를 조금이라도 각하의 여동생분이 처리해준다면 이쪽도 여유가 생길 텐데요?"

"진심으로 죄송했습니다."

스즈하가 어이없이 전면 항복했다.

참고로 유즈리하 씨는 몰라도 토코 씨는 서류 처리의 전력이 될 것 같았지만 역시 여왕님을 그런 일에 써먹을 순 없었다.

아니, 역시 부탁 못 해.

"그러니까 기각. 아야노 씨가 휴가에 들어갈 때까지 어떻게든 정리해야 해."

"응? 아야노 씨 휴가 가세요?"

그러고 보니 스즈하에게 말 안 했던가.

"그래. 조인식과 교대로 중요한 일이 있대. 그렇지, 아야노 씨?"

"죄송합니다, 각하."

"괜찮아. 사정이 없었다면 이런 우수한 사람이 우리 영지에서 일할 리가 없으니까. 웬타스 공국의 높은 사람이 오는 것과 관계가 있는 거지?"

"……이해해주셔서 정말 감사합니다."

추궁할 생각은 없었지만 난 조인식 참가자 중 아야노 씨가 절대로 만나기 싫은 웬타스 공국 최고 간부가 있을 거라고 예상했다.

아니면 아야노 씨 본인이 최고 간부 중 한 사람……그럴 리는 없나?

하지만 그렇다 해도 이상하지 않을 만큼 아야노 씨의 업무 처리 능력은 우수하다는 말밖에 나오지 않았다. 여기서 쓸데없는 소릴 해서 아야노 씨를 놓칠 순 없다고요.

주로 내가 서류더미에 파묻히지 않기 위해.

"그런데 각하. ——웬타스 공국 여대공은 저랑 얼굴이 많이 닮았는데 신경 안 쓰셨으면 좋겠습니다."

"그래? 혹시 볼일이 있다는 것도 그것과 관계가 있어?"

"……자세히는 설명 못 하지만."

"오케이."

아야노 씨는 며칠 후 고향인 웬타스 공국으로 귀성하게 된다.

그때까지 조금이라도 일이 정리되도록 난 잔업 결심을 새로이 하게 되었다.

4 (토코 시점)

늦은 밤. 침대에 걸터앉은 유즈리하와 토코 앞에서 스즈하가 고개를 숙였다.

"정말 죄송합니다……! 오빠 권유에 실패했어요……!"

"……뭐, 그 상황이라면 어쩔 수 없지. 스즈하의 오라버니에게 모처럼 제작한 신작 수영복을 보여줄 수 없다는 건 굉장히 뼈아프지만……!"

"그만큼 일이 넘치는 상황에선 스즈하 오빠도 놀러 갈 수 없겠지."

유즈리하가 내심 아쉬워하며 어깨를 축 늘어뜨리는 모습에 토코는 쓴웃음을 지을 수밖에 없었다.

물론 토코도 굉장히 부끄러운 걸 참고 천 면적을 아슬아슬한 정도까지 자른 검은 비키니를 새로 준비했는데, 정말 아쉬운 마음이 컸다.

그래도 스즈하의 오빠에게 자신의 휠 듯 아주 풍만하게 익은 버릇없는 몸을 보여주지 않고 끝난다는 점에서는 안도감도 있었다. 냉정하게 생각해 너무 부끄러웠다.

유즈리하나 스즈하가 승부를 건다면 토코도 참전해야 했다. 하지만 그게 아니라면 설령 목숨의 은인이라 해도——오히려 목숨의 은인이기에 얼굴에서 불이 날 정도로 부끄러워질 성격이니까.

"뭐, 결과적으로 내가 일을 억지로 떠맡겨서 그렇게 된 거지만."

"그래, 토코. 네 잘못이야."

"아니. 좀 곤란해 보이는 스즈하 오빠에게 내가 씩씩하게 나타나 하나하나 일을 가르쳐주고 존경받으려는 속셈도 좀 있었는데."

"지금 당장 무릎 꿇고 스즈하의 오라버니에게 사과하는 게 좋겠어. 평생."

"아무리 그래도 너무 길지 않아?!"

그래도 조인식 준비 업무에선 수확도 컸다.

가장 큰 수확은 스즈하의 오빠가 평상시 변경백으로서도 꽤 우수하다는 사실과 진지하게 일에 임하는 자세를 확인했다는 것.

변경백 지위를 억지로 강요한 건 일단 무시하고, 스즈하의 오빠를 추천한 자신의 안목이 틀리지 않았다며 진심으로 안도했다.

"사실은 오빠 보조를 내가 할 수 있으면 좋을 텐데……!"

"무리야. 스즈하 오빠가 하는 일은 상당히 고도의 작업이니까. 제대로 된 문관의 지식도 없는 스즈하로선 거치적거릴 뿐이지."

"맞아. 아니, 나도 도와주고 싶지만 어릴 때부터 군사 업무만 했으니까."

"유즈리하는 공작 영애니까 할 수 있어야 할 텐데……?"

토코가 한심하다는 눈으로 유즈리하를 노려보았지만 물론 본심은 아니었다.

그리고 토코는 유즈리하가 공작가 차기 당주에 어울리는 제대로 된 정치적 판단을 내릴 수 있다는 것도 알고 있었다.

다만 성격 문제로 서류 업무와 치명적으로 궁합이 나쁠 뿐.

토코가 어깨를 움츠리며 말했다.

"뭐, 아무튼 수영복은 일단 보류하자. 스즈하 오빠 성격상 여기서 억지로 놀러 가자고 초대해봤자 혼나는 미래밖에 없을 테니."

"그럴 수밖에 없겠지. ……하지만 아쉽네. 호수 물가에서 등에 썬오일을 발라주다 스즈하의 오라버니가 미끌미끌한 오일 탓에 손이 미끄러져 내 가슴을 힘껏 주무르고 새빨개지는 해프닝도 있었을 텐데."

"그 망상은 대체 뭐예요?! ——게다가 오일을 빼면 평소 오빠의 마사지랑 똑같잖아요."

"흥, 잘 모르네, 스즈하는."

"뭘요?"

"난 스즈하의 오라버니처럼 마사지하는 건 불가능하지만 스즈하의 오라버니 피부에 오일을 바르는 것 정도라면 가능해. 즉 스즈하의 오라버니랑 서로 발라주면서 붙었다 떨어졌다 옥신각신하는 것도 가능하다고……!"

"과, 과연……! 역시 학생회장이에요!"

"그렇지, 그렇지?"

바보 같은 말을 나누고 있는 두 사람의 대화를 들으며 코토는 문득 '그러고 보니 두 사람 다 신분상으로는 아직 기사 여학원 학생이지?'라고 고쳐 생각했다.

스즈하도 유즈리하도 왕립 최강 기사 여학원은 현재 휴학 중으로 처리되어 있었다.

웬스터 공국과의 국경방위를 실질적으로 짊어진 유일한 최강의 전력, 스즈하의 오빠. 그리고 유즈리하, 스즈하——. 현 상황에선 국방 관계상 그 세 사람 중 두 사람을 왕도로 보낸다는 발상은 확실히 말해 불가능했다.

언젠가는 왕립 최강 기사 여학원의 분교를 이쪽에 만들어 정예 여기사의 지속적인 육성도 계획하고 있지만 아직 먼 이야기였다.

지금부터 어떻게 할지 토코가 생각하는 사이 어느새 메이드인 카나데와 수수께끼의 어린 소녀 우뉴코도 방으로 들어와 어떤 수영복이 보다 섹시한지 토론하고 있었다.

"——하지만 오빠에겐 역시 직접적으로 천 면적이 적은 비키니가 제일 아닐까요?"

"스즈하의 오라버니는 좀 늦되잖아. 의외로 그런 타입은 원피스 타입이 더 반응이 좋아. 카나데는 어떻게 생각해?"

"……수영복 그 자체보다 갭이 더 중요해. 그러니까 매일 마사지로 피부를 보이는 것보다 늘 메이드 복장으로 빈틈없이 가드하고 있는 게 훨씬 더 유리하지. 구체적으로는 수영복을 입었을 때의 신선함이 갭 모에야."

"우뉴."

……뭐 일단 그렇지, 라고 토코는 결론지었다.

조인식이 끝나고 한 번 더 스즈하의 오빠를 수영에 초대할 때는 모두의 수영복이 하나씩 더 늘어날 게 틀림없을 것 같았다.

물론 본인도 포함해서.

5 (웬타스 여대공 시점)

로엔그린 변경백의 성을 나온 지 며칠.

위조 신분증으로 국경을 통과해 그 끝에 있는 작은 요새의 문을 빠져나가자 그 안에 있던 사절단 모두가 일제히 고개를 숙였다.

아야노는 휴우 숨을 내쉬고 외투를 벗으며 물었다.

"어떠셨나요, 대신? 내가 없는 동안 잘 지내셨습니까?"

"덕분에 어떻게든……응? 대공 님. 잠깐 못 본 동안에 더더욱 가슴이 납작해지셨습니까?"

"무명천을 감았습니다!"

빈약한 가슴이라 미안하다고, 잔뜩 툴툴대며 화를 내는 아야노였지만 실제로는 평균을 훨씬——아니, 다소 밑도는 정도였다.

다만 전날까지 있었던 곳이 그 로엔그린 변경백의 성이었기 때문에 무의식중에 몹시 삐뚤어지고 만 건 어쩔 수 없는 부분이겠지.

아야노를 제외한 여성들의 평균 가슴 사이즈는 전설의 퀸 서큐버스조차 가볍게 이길 정도였으니까.

뒤에서 수행원이 '대, 대평원의 작은 가슴……푸흡……!'이라고 웃음 참는 걸 발견한 아야노가 찌릿 노려보자 외무대신이 작게 기침을 하며 정신을 차렸다.

그래. 이런 일로 시간을 낭비할 여유가 없어.

"대신, 현재 국내 상황을 알려주세요."

"웬타스 공국이 정전 협정에 동의를 표해 전선을 철수시킨 후 대공님이 혼자 멋대로 로엔그린 변경백령으로 잠입한 이후의 일 말입니다만……별반 다르지 않습니다. 무리를 해서라도 로엔그린 변경백령을 공격하자는 논조는 귀족들 사이에서 점점 활발해지고 있습니다만."

"그건 어쩔 수 없겠죠. 하지만 조인식이 끝나고 포로가 된 사령관들이 돌아오면 귀족들의 여론은 몽땅 바뀔 겁니다."

"호오. 그건 왜 그렇지요?"

"포로가 된 귀족들이 쓸모가 없어질 테니까요."

아야노가 위엄 있게 한숨을 내쉬었다.

"정말 토코 여왕은 섬뜩한 술수를 생각한다니까요, 도리어 감탄했어요."

"그, 그게 대체 무슨……서, 설마 포로가 된 귀족들의 거기를 한 명도 빠짐없이 베어버린 겁니까?!"

"그럴 리가 없잖아요……아니, 생각에 따라선 오히려 정답이겠군요. 포로가 된 귀족들의 정신적인 급소를 때려눕힌 것과 마찬가지니까."

"대, 대체 무슨 일이?!"

"간단합니다. 로엔그린 변경백과 살육의 전쟁 여신——게다가 변경백 여동생과의 훈련을 매일매일 구경하고 있지요."

"……네?"

외무대신의 얼굴이 멍해졌다.

대체 무슨 말을 하는 거야 이 바보 대공은, 이라고 생각한다는 걸 바로 알아차릴 수 있었다.

물론 속마음을 들키지 않는 게 중요 직무인 외무대신이 이렇게까지 감정을 밖으로 표출하는 건 아야노와는 오랫동안 알고 지냈고 또한 주요 인사들밖에 없는 자리라는 게 컸다.

"훈련을 보여주다니……어쩌면 로엔그린 변경백이 자신의 솜씨를 입증하려는 것일까요? 그렇다면 오히려 감사한 일 아닙니까……?"

"그런 하찮은 존재가 결코 아닙니다."

"무슨 말을 하시는지 모르겠습니다만……?"

이런 반응도 당연하다고 아야노는 생각했다.

자신도 작업하다 틈틈이 나가 현장을 조금이라도 목격하지 않았다면 하나도 이해하지 못했겠지.

실제로 목격하면 이처럼 알기 쉬운 이야기도 없을 텐데.

"보면 압니다. 그보다 온몸으로 깨달아버릴 겁니다……. 본인들이 얼마나 절대로 싸움을 걸어선 안 되는 상대에게 싸움을 걸어버렸는지……."

"호오……?"

"단련된 변종 오거를 수십만 마리 쓰러뜨렸다는 것도 납득……아니, 그때보다도 더욱더 강해졌다고 확신하는 압도적인 훈련이라는 이름의 폭력――! 경솔하게 다가가면 기공만으로 두 동강 날 듯한 성벽 분쇄 급 파괴력이 단순히 손끝 공격으로 나오는 무시무시함――!"

"……."

"공격력도 방어력도 정말 압도적입니다……뭐, 우리 군보다 어림잡아 백만 배는 강하지 않을까요? 그런 실력 차를 매일매일 영혼에 새기며 깨닫게 하면 본능적인 레벨로 전면 항복하겠죠."

"……아무리 그래도……백만 배는 너무 과한 것 아닙니까……?"

"그럼 만 배? 아니면 십만 배? 아니, 그들이 얼마나 강한지 우리로서는 측정 불가능합니다. 지면에 납죽 엎드린 개미가 하늘을 나는 드래곤의 힘을 잴 수 없는 것과 같으니까――그러니까 백만 배 정도는 아닐지도 모르고, 반대로 그보다 더 차이가 날지도 모릅니다."

"……그건 굉장히 성가시겠군요……."

"그렇지요."

아야노 대공에게서 이야기를 들은 외무대신이 걱정하는 건 로엔그린 변경백의 놀랄 만한 힘이 아니었다.

오히려 그 이전의 문제.

겁쟁이가 된 당주나 차기 당주가 돌아와 로엔그린 변경

백령은 공격할 수 없다고 주장하면 확실히 분쟁이 일어날 게 당연했다.

왜냐하면 나라에 남은 인간들은 그 무시무시한 힘을 이해하지 못할 테니까.

"반란이나 내전은……피하고 싶군요……."

"그러게요."

맞장구를 치면서도 아마 어려울 거라고 아야노는 생각했다.

"……어쨌든 로엔그린 변경백령에 잠입해 다행이었어요. 정말로. 정보 수집을 게을리했다면 우리 나라도 지극히 위험했겠죠."

아야노가 말을 이었다.

"앞으로 몇 년 사이에 대륙의 지도는 격변할 겁니다."

"그 말씀은?"

"로엔그린 변경백에게 싸움을 건 나라는 사라지게 될 거예요."

"……그게 무슨……."

가까이에서 관찰한 아야노는 잘 알고 있었다.

그 남자와는 절대로 무슨 일이 있어도 적대해선 안 된다.

반대로 말하면 이쪽에서 적대하지 않는 한 선량하고 무해하다는 뜻이기도 했다.

어쨌든 기질이 서민 그 자체였으니까.

여기서 시비를 걸지 않는데 선전포고를 하는 일은 토코 여왕이 부추긴다 해도 불가능하다고 봐도 되겠지. 그러니까 예를 들어——.

"로엔그린 변경백령과의 국경선상에 주둔하고 있는 병사들은 모두 후퇴시켜야 합니다."

"그건……무모하군요……."

"하지만 합리적이죠. 그라면 설령 이쪽이 알몸이라 해도 전쟁은 하지 않을 거고 반대로 전쟁이 일어나면 병사들이 백만 명 있다 해도 도움이 안 될 겁니다. 있든 없든 변하는 게 없다면 그냥 다 헛된 일입니다."

"이런, 이런……그만큼 강력한 로엔그린 변경백과 그 동료들에게 뭔가 약점은 없습니까?"

한탄하고만 있으면 일이 되지 않는다.

외무대신으로서 당연한 의문을 던졌더니 아야노가 가볍게 고개를 끄덕였다.

"있습니다, 약점."

"그건……?"

"로엔그린 변경백은 독신입니다. 내 목적은 거기에 있어요."

"응?"

외무대신이 잠시 생각한 후 머지않아 탁탁 손뼉을 쳤다.

"즉 대공님이 로엔그린 변경백과 결혼을 하시겠다는 거

군요."

"아아아아닙니다!! 어디까지나 그를 쓰러뜨릴 수 없다 해도 어딘가 다른 영지로 보내면 웬타스 공국으로서는 문제없을 거라는 이야기를——!"

"아니, 듣고 보니 납득이 되는군요. 로엔그린 변경백을 대공님의 배우자로, 혹은 차라리 대공의 지위를 물려주는 건 어떨까요? 로엔그린 변경백은 서민 출신이니까 인기도 얻을 수 있고 전쟁에선 무적의 힘을 얻을 수 있으니까요."

"내, 내가 그와 결혼이라니, 있을 수 없는 일이에요!"

"어째서요?"

"대신은 모르겠지만 로엔그린 변경백의 아내 자리는 토코 여왕이나 살육의 전쟁 여신, 여동생인 스즈하까지, 엘프가 무색할 정도로 초절정 미소녀인 데다 스타일도 여신급으로 발군인 아가씨들이 호시탐탐 노리고 있으니까요!"

"과연. 본인 스타일이 콤플렉스라는 거군요."

"아닙니다!"

"안심하십시오. 그 나라에서는 왕족과 서민은 결혼 못 하고, 지금은 변경백이라 해도 근본이 서민 출신이라면 반발은 크겠지요. 게다가 여동생과도 결혼은 못 하고."

"보통은 그렇지요……!"

토코 여왕도 스즈하도 뭔가 터무니없는 비책을 꾸미는 듯해서 솔직히 무서웠다.

뭐, 그건 그렇다 치고.

"하지만 대공님 이야기를 듣기에는 어떻게 해도 로엔그린 변경백과 혼인관계를 맺고 그 이외의 선택지는 남기지 않으려는 것처럼 보이는데……."

"그런 말 하지 마세요……!"

아야노에겐 나름대로 우수한 정치가라는 자부심이 있었다.

그렇기에 상황을 냉정하게 내려다봤을 때 길은 그것밖에 없다고 인정할 수밖에 없었다.

"아니면 대공님은 아무래도 로엔그린 변경백이 마음에 안 드십니까?"

"아뇨……오히려 한 명의 인간으로서 굉장히 바람직하다고 생각해요. 흔히 있는 귀족처럼 오만하지도 않고 일은 성실하게 수행하고 손수 만든 요리도 굉장히 맛있고……."

"그럼 문제없겠군요. 남에게 빼앗기기 전에 조인식에서 속을 떠보겠습니다."

"……그래요……."

아야노는 이 요새에서 슬쩍 대역과 교대해 대공으로서 정전 협정 조인식에 향했다.

그때 속을 떠보는 외무대신 옆에서 어떤 얼굴을 지으면 좋을까.

토코 여왕은 몰라도 스즈하나 유즈리하가 어떤 얼굴을

하며 자신을 바라볼까——그런 생각을 하자 벌써부터 마음이 무거워지는 아야노였다.

6

정전 협정 조인식과 더불어 토코 씨가 데리고 온 인원들도 분주함을 더해주었다.

그러던 어느 날, 아마조네스족 두 사람이 도착했다.

전에도 오거의 대수해에서 함께 있었던 총 군단장 쌍둥이였다.

그 두 사람이 조인식에 초대한 귀빈들 중 처음으로 와주었다.

이름은 카논 씨와 시온 씨. 어느 쪽이 어느 쪽인지 모르는 건 비밀이었다.

나와 유즈리하 씨, 토코 씨가 마중을 나가자 아마조네스족 두 사람은 날 보자마자 정중하게 고개를 숙였다.

"대인. 이번 변경백 취임, 진심으로 축하해."

"하지만 변경백 따위의 지위가 대인에게 어울리지 않는다는 건 확정적이고 분명한 일."

"그래서 우리는 생각했어."

"대인이 허가만 해준다면 지금 당장 거기 있는 토코 여왕에게 결투를 신청해 쓰러뜨리고 당당하게 드로셀마이엘 왕국을 빼앗아 대인을 절대 국왕으로 삼은 후 우리 아마조네스 천년 왕국을 수립하는 게 왕도이자 패도가 아닐까.”

““어때?””

“아니, 아니, 아니, 어떠냐고 물어볼 때가 아니잖아요!!”

오랜만에 만났는데 두 사람의 농담이 큰 폭으로 업그레이드되어 있었다.

아니, 현역 여왕을 앞에 두고 결투니 나라를 빼앗느니, 설령 농담이라도 절대로 하면 안 된다니까. 잘못하면 방금 그걸로 난 반역자가 된다.

토코 씨는 경련을 일으키면서도 웃고 있었으니 괜찮겠지만.

“죄송합니다, 토코 씨. 정말 뭐라고 해야 좋을지…….”

“괘, 괜찮아! 스즈하 오빠가 아마조네스족의 정점과 아슬아슬한 농담을 주고받을 정도로 사이가 좋은 건 외국 여러 나라에 대해서도 큰 무기니까!”

““농담 아닌데……?””

“그, 그보다 오늘 비키니 아머는 새하얗네요! 엄청 잘 어울려요!”

이 이상 쓸데없는 소릴 듣기 전에 난 화제를 돌려 두 사람의 비키니 아머를 칭찬했다. 뭐니 뭐니 해도 아마조네스의 상징은 비키니 아머니까.

게다가 이전에 만났던 오거의 대수해에서는 빨간색 비

키니 아머였으니 흰색 아머는 처음 봤다.

그러자 아마조네스 두 사람은 '에헤헤……'라며 얼굴 표정을 무너뜨렸다.

"잘 어울려……? 대인의 변경백 취임 기념 의식이니까 축하의 의미로 흰색 비키니 아머를 새로 준비했어."

"아니, 아니!! 여기서 열리는 건 정전 협정 조인식이고 저의 변경백 취임 기념행사는 열리지 않아요!"

"하지만 대인. 예의도 모르는 야만족 국가와의 정전 협정 따위보단 대인의 취임 축하가 훨씬 중요하지 않아?"

"정전 협정이 더 중요하죠!!"

"뭐, 하여튼 그쪽도 맡겨줬으면 좋겠어. 만약 어딘가의 어리석은 나라가 대인과의 협정을 파기하려고 하면——."

"——우리 아마조네스가 온 힘을 다해 땅끝까지라도 쫓아가 대인을 배신한 걸 지옥 밑바닥에서 충분히 후회하게 해줄게."

"그 말투! 그 말투가 엄청 부담스럽거든요!"

한 번 오거의 대수해에서 변종 오거를 쓰러뜨릴 때 같이 있었던 것뿐인데, 그런 날 상대로 진지하게 이런 농담조차 주저 없이 할 수 있다니.

이런데 세간에서는『남자를 싫어하는 아마조네스족』이라고 불리고 있으니 정말 이 세상은 알 수 없는 것이었다.

"아하하……아마조네스 여러분은 소문과 달리 정말 친

해지기 쉬운 사람들이군요. 안 그래요, 유즈리하 씨?"

"정말 놀랄 만한 일은 그 안하무인한 아마조네스를 이렇게까지 끈적끈적하게 녹여버린 그대라고 생각하는데. 안 그래, 토코?"

"정말. 뭐, 스즈하 오빠 이외의 남자가 지금 같은 느낌으로 가볍게 태클을 걸면 그 자리에서 주먹으로 내리쳤겠지. 아니, 아마조네스에게 한 방 먹으면 보통은 당연히 즉사겠지만."

"네? 네?"

왠지 세간은 또 태도가 다른 듯했다. 정말 잘 모르겠어.

*

토코 씨와 아마조네스 둘은 응접실에서 차를 마시며 서로 이야기를 주고받았다. 그러다 '그런데'라며 아마조네스 두 사람이 말을 잘랐다.

"오랜만에 대인과 승부를 겨뤄볼 순 없을까?"

"우리 아마조네스, 오거의 대수해에서 대인의 위대함을 재확인한 그날부터 조금이라도 대인에게 도움이 되려고 보다 한층 더 격렬하게 단련하고 또 단련했어."

"그 성과를 지금이야말로 보여주고 싶어."

아주 과장된 수식어는 그렇다 치고 나로서도 승부를 겨

루는 것에 이의는 없었다.

"좋아요. 그럼 지금부터——."

"아——, 그건 스톱! 잠깐만 기다려!"

자리에서 일어서려던 그때 토코 씨로부터 제지가 걸렸다.

명백하게 토코 씨를 매섭게 노려보는 아마조네스 두 사람.

"뭐야. 우리와 대인의 승부를 방해하다니, 죽음이 두렵지도 않나 보군."

"너부터 희생의 제물로 바쳐 줄까?"

"시끄러워. ——됐으니까 그 승부, 조인식 당일에 해주면 안 될까?"

"어째서?"

"그야 당연히 스즈하 오빠의 평판을 높이기 위해서지."

""자세히.""

그 후 토코 씨의 말을 들어보니, 요컨대 조인식 후 파티의 여흥으로 나와 아마조네스족 두 사람의 대결을 넣고 싶다는 것이었다.

아마조네스족이라면 대륙 전체에 그 이름을 떨칠 정도의 무인 집단.

그러한 아마조네스족의 정점인 두 사람과의 대결을 참가자에게 보여주면 나의 힘을 크게 선전할 수 있지 않겠어? 라는 뜻인 듯했다.

"아니, 아니, 전 전혀 아니에요."

"스즈하 오빠는 가만히 있어——그런 이윤데 어때? 어차피 대결할 거라면 여러 나라의 요인들이 보고 있는 앞에서 해보지 않겠어? 뭣하면 보상도 줄 수 있어."

"……괜찮을지도 모르겠군. 우리 아마조네스가 세간에서 어떻게 불리고 있는지는 아무래도 상관없지만 그 평판이 대인에게 도움이 된다면 이만큼 기쁜 일도 없겠지."

"후훗……그리고 우리 아마조네스와 대인의 친밀한 모습 또한 대륙 전체에 선전할 수 있다는 것인가……."

"대인의 힘과, 그 옆에 나란히 설 수 있는 건 우리 아마조네스뿐이라는 걸 과시할 수 있어……. 그래, 알았어, 그렇게 하도록 하지."

"고마워. 이해가 빨라 다행이야."

그런 이유로.

나도 잘 모르는 사이에 나랑 아마조네스 두 사람의 시합을 조인식 후 파티에서 하게 되었다.

7

이야기 도중에 갑자기 뭔가 생각이 나서 기다리고 있던 메이드 카나데에게 부탁했다.

"카나데, 오리할콘을 갖고 오겠어? 선물로 주고 싶은데."

"""푸흡——!!"""

"아. 그대라면 혹시 만에 하나 줄지도 모른다고 생각했지만 설마 정말 줄 줄이야. 정말 도량이 넓다고 할까 뭐랄까……."

"스즈하 오빠답긴 하지만!"

웬일인지 아마조네스 두 사람이 차를 내뿜었고 유즈리하 씨랑 토코 씨가 반은 어이없고 반은 감탄한 듯한 표정을 지었다.

그런 와중에 카나데는 웬일인지 메이드복 가슴 부분에 손을 집어넣고 주섬주섬 움직였다.

"이런 일도 있을 것 같아서 준비했어. 여기."

"준비는 좋지만――어디 넣어둔 거야?!"

"골짜기에."

어느 골짜긴지는 역시 묻는 게 꺼려졌다.

주먹 크기의 오리할콘 광석 2개를 소맷부리로 닦고 아무 일도 없었다는 듯 아마조네스 두 사람에게 하나씩 건네자, 두 사람은 '와아……!'라며 반짝거리는 눈으로 오리할콘을 바라보고 빛에 대보고 문지르기도 했다.

이윽고 본인들이 보물을 받은 어린애 같다는 사실을 깨달은 아마조네스 두 사람이 크흠 헛기침을 한 번 하고 말했다.

""이런 귀중한 물건은 받을 수 없어.""

"아뇨, 아뇨, 그러지 마시고 꼭 받아주세요. 이런 거라면 얼마든지 있으니까. 그렇죠, 유즈리하 씨?"

"그래……정말 믿을 수 없는 일이지만 로엔그린 변경 백령에는 오리할콘 잡광석이라는 게 존재해……. 보통은 어떤 잡광석이든 오리할콘이라면 국보급으로 취급되지만……."

과장된 설명을 하는 유즈리하 씨 옆에서 토코 씨도 한 번 고개를 끄덕였다.

"아니, 스즈하 오빠 성격상 어차피 초대객의 선물로 하나씩 줄 생각이었지?"

"맞아요. 이 영지엔 기쁘게 받아줄 만한 특산품이나 맛있는 음식도 없고, 이런 잡광석은 얼마든 있는데 오리할콘이라면 그래도 진귀하다니까 딱 좋을 것 같아서요."

"그러니까 신경 쓰지 말고 받아도 괜찮지 않겠어?"

그렇게 말했더니 아마조네스 두 사람이 굉장히 고마워했다.

듣자 하니 오리할콘은 전설 속 환상의 금속이라 광석 조각 같은 거라도 충분히 감사하다고.

그렇다면 이런 변방까지 온 보답으로 갖고 돌아가기엔 딱 좋겠지.

내가 그렇게 확인하자 토코 씨가 '네가 그걸로 괜찮다면'이라고 수긍하며.

"이걸로 내가 모처럼 초대했는데 기회를 놓친 멍청한 나라 녀석들이 분해서 발을 동동 구르며 억울해하는 모습이 눈에 선한데……크크크…….”

그렇게 굉장히 나쁜 얼굴로 히죽거렸다.

*

그날 밤, 취침 전에 메이드인 카나데를 부르자 메이드 복장이 아닌 원피스 잠옷 차림으로 찾아왔다.

아니, 메이드 복장 이외의 차림을 처음 본 것 같은데.

“미안해, 자기 전에 불러서.”

“아니, 괜찮아. 밤 시중이 필요해?”

“아니거든.”

“쳇.”

카나데가 뭘 기대했는지 불안했지만 그건 그렇다 치고.

“카나데도 알겠지만 여기서 정전 협정 조인식이 열리게 됐는데.”

“응.”

“어쩌면 이 기회에 어느 나라의 스파이나 암살자가 초대 손님에 섞여서 숨어들지도 몰라.”

“응.”

“카나데는 우수한 메이드니까 이 성에서 숨어들 만한 장소나 숨기 쉬운 장소, 그 외에도 주의해야 할 점이 있으면 알려줬으면 좋겠어."

어쨌든 카나데는 로엔그린 변경백령의 탈환 작전에서 각 도시 사령부의 천장 안 정보를 캐낸 실적을 갖고 있었다.

즉 스파이의 의미로도 천장 안 정보에 대한 실적은 뛰어났다.

게다가 카나데는 우리 메이드로 즉 매일 성의 구석구석까지 청소하고 있으니까.

그런 카나데에게 강의를 들으면 첩자 대책은 만전일 거라는 생각이 스쳤다.

내가 말을 꺼내자 카나데의 활짝 핀 얼굴에 빛이 났다.

"주인님. ——카나데를 의지하는 거야?"

"물론이지. 항상 굉장히 의지하고 있고 이번에는 특히 더. 어쨌든 내용이 카나데의 전문 분야니까. 그러니까."

"맡겨줘."

"뭐?"

"성의 청소는 카나데의 일. 주인님의 메이드로서 긍지를 걸고 카나데는 완벽하게 청소할 거야. 그러니까 주인님은 안심하고 맡겨줘."

"응. 그건 고마운데 청소와는 별개로 천장 안 정보를——."

"맡겨줘."

"……네."

카나데는 자신의 풍만한 가슴을 두들긴 후 엄지손가락을 자신에게 향하며 맡겨달라는 어필을 했다.

메이드로서 천장 안이나 청소라는 단어에는 반응할 수밖에 없는 것일까.

나는 경비에 참고할 수 있게 사각지대나 숨겨진 장소가 될 만한 정보가 있다면 여러 가지 알려주길 원한 것뿐인데.

"그건 카나데가 숨어들 만한 장소를 봉쇄해준다는 뜻으로 이해하면 될까?"

"그것도 할게. 그것 말고도 할게. 유능한 메이드는 바빠."

"그래? 고마워. 하지만 만약 손길이 미치지 않는 곳이 있거나 역시 어려울 것 같으면 나에게 바로 알려줘."

"맡겨줘."

잘 모르겠지만 카나데가 굉장히 의욕을 보이고 있는데 찬물을 끼얹을 순 없었다.

행사가 무사히 끝나면 특별 보너스라도 생각해보자.

8

그리고 찾아온 조인식 당일.

토코 씨는 정말 대륙 전체에 초대장을 뿌린 것인지 다양한 나라의 귀빈들이 찾아왔다.

나도 토코 씨와 함께 인사를 하며 돌아다니게 되었는데

그 상대가 정말 버라이어티하고 풍부했다.

“토코 씨. 질문 좀 해도 될까요?”

“응, 뭔데?”

조인식 전, 조인식장에서의 인사 러시가 좀 끊어진 타이밍에 토코 씨에게 물었다.

“왠지 상대의 신분이 너무 제각각인 것 같은데요?”

“음——, 그래?”

“그래요. 대부분의 나라는 평범하게 외교관이 왔지만 그중에는 왕족이나 황태자가 온 나라도 좀 있고, 그렇게까진 안 해도 대신급 손님이 온 나라도 꽤 있죠?”

“응, 응.”

“반대로 외교관이라고 자칭하고 있지만 정말이지 말단이나 의례적으로 인원을 보낸 나라도 있고 노골적으로 내정 시찰이 메인인 나라도 있고……토코 씨, 대체 어떤 초대장을 보낸 거예요?”

“우후후——, 역시 스즈하 오빠는 관찰에 유능해.”

내가 묻자 토코 씨가 마치 본인 장난의 내막을 밝히기라도 하려는 듯 빙그레 미소를 지었다.

“이거야말로 이번 내 작전의 내막이야.”

“……네?”

“어떤 입장의 손님이 와도 핑계를 댈 수 있을 만한 문구로 초대장을 보내고 실제로 어떤 인간이 오는지, 혹은 결석하는지를 찬찬히 관찰하려는 속셈이었어. 문구를 생각하느라 꽤 고생했다고.”

“네에.”

“조인식을 스즈하 오빠의 성에서 하는 것도 그래. 여러 가지로 핑계를 댔지만 그저 각국에 우리 나라가 전쟁에서 실질적으로 승리했다는 사실을 알리거나 스즈하 오빠를 과시하고 싶은 것뿐이었다면 내 성에서 했겠지. 그럼 사람들도 훨씬 모이기 쉽고 웬타스 공국에 그걸 거절할 힘은 이미 없을 테니까.”

“절 과시하고 싶다는 건 무슨 뜻인지 잘 모르겠지만…… 그럼 왜 이 성에서?”

“선별이야, 선별.”

“……선별이요?”

“그래! 지금 한창 인기 있는 시대의 핵심 인물, 스즈하 오빠와 만날 절호의 기회를 앞에 두고 얼마나 적극적으로 움직이는지. 자국의 어떤 인간을 파견하는지. 어느 정도로 대륙의 정보를 분석하고 정보를 제대로 수집할 수 있는지. ――그게 이 조인식에 온 인간들로 일목요연해진다는 거지!”

“……흐음, 그렇습니까?”

토코 씨의 생각은 너무 원대해 나로서는 잘 알 수 없다는 사실을 깨달았다.

내가 의아해하는 모습에 토코 씨도 대충 눈치챈 듯했다.

"뭐, 스즈하 오빠에게 그런 미묘한 사정은 좀 어려우려나?"

"그러네요. 서민은 그렇게 에둘러 생각할 순 없으니까요."

"――뭐, 그런 것보다. 난 스즈하 오빠에게 사과해야 할 일이 있어."

"뭔데요?"

"초밥이야, 초밥."

"아……."

내가 로엔그린 변경백이 됐을 때 난 토코 씨의 '초밥을 마음껏 먹게 해주겠다'는 조건에 속았었다.

그리고 그 초밥 무한 리필은 아직 달성되지 않았다.

나로서는 귀족이 되고 쓸데없는 일만 떠넘겨지고 그런데도 초밥은 먹을 수 없다는 사실이 정말 최악의 트리플 펀치였다.

그런 상황을 토코 씨도 충분히 이해하고 있었던 듯, 날 향해 절하듯 양손을 마주했다.

"아니, 정말 진심으로 미안해! 준비는 진행하고 있는데 장인 선정에 아무래도 시간이 걸려서!"

"아――, 확실히 엄청 변방이니까요……하지만 그만큼 물도 쌀도 맛있는데. 그러니까 갈 수 있다고 말해줄 장인이 한 명 정도는 있을 수 있을 것 같은데요?"

"……아니, 그게……그렇게 갈 수 있다고 말할 만한 장인은 있을 것 같은데 스즈하 오빠랑 마음이 너무 맞아버릴 가능성이 높아서 위험하달까…….”

“네?”

“아니, 아무것도 아니야.”

토코 씨의 말은 잘 안 들렸지만 여러 가지로 사정이 있는 것 같았다.

“어쩔 수 없죠. 느긋하게 기다릴게요.”

“정말 미안! 대신 오늘은 조인식 후 파티에서 왕도에서 조달한 맛있는 초밥을 준비했으니까! 스즈하 오빠랑 다른 일행들과의 시합이 끝나면 둘이서 같이 초밥 먹자!”

그래.

아마조네스족 두 사람과의 시합은 결국 스즈하와 유즈리하 씨도 참가하게 되어, 날 포함한 5명의 배틀 로열 형식으로 바뀌고 말았다.

“그래서 주의랄까, 부탁이 하나 있는데, 스즈하 오빠는 철저하게 날뛰어줬으면 좋겠어. 나머지 4명을 완벽하게 엉망으로 때려눕힐 기세로.”

“……무슨 뜻이에요?”

“생각해봐. 이 정전 협정은 스즈하 오빠가 웬타스 공국에게서 쟁취한 것이고 조인식 장소도 스즈하 오빠의 성. 즉 오늘 주인공은 스즈하 오빠라는 거지.”

“그런 말은 처음 듣는데요……?”

"처음 듣는다 해도 틀린 건 없어. 그 주인공이 여흥에서 아마조네스나 유즈리하, 스즈하와 시합하는 건 완벽하게 스즈하 오빠를 완승하게 만들어 새로운 변경백이 이렇게 강하다는 걸 선전하기 위한 것이니까. 물론 이 일은 다른 모두도 알고 있어!"

"뭐, 이론상으로는 그렇게 되겠네요……."

"그러니까 오늘 모의전은 평소처럼 힘 조절하지 말 것. 죽지만 않게 철저하게 엉망으로 만들어도 돼. 그걸 위한 치료팀도 빈틈없이 대기시킬 테니까 걱정 마!"

왠지 많은 사람들 앞에서 여자를 엉망으로 만들라고 하는 것 같아 내키지 않았지만 그렇다 해도 토코 씨가 하는 말의 뜻은 알 수 있었다.

스즈하는 그렇다 쳐도 아마조네스족도 유즈리하 씨도 대륙에 그 이름을 모르는 이가 없는 무도의 달인이었다.

그걸 이용해 나의 지명도를 끌어올리고 나아가서는 토코 씨의 치세에 도움이 되려는 그런 거겠지.

"뭐, 다들 알고 있다면……."

"괜찮아. 그건 틀림없으니까!"

"알겠습니다. ——그렇다면 저도 최대한 진심으로 유즈리하 씨와 나머지 상대들을 쓰러뜨리는 척할게요!"

"……어차피 또 이상한 사고회로를 돌린 결과, 뭔지 모를 결론을 내렸겠지만 그냥 다 이겨버리면 돼."

모두가 알고 있다면 즉 더없이 진심인 시합으로 보이게 하려고 미리 다 짰다는 뜻이겠지.

아무리 그래도 아마조네스족 두 사람과 유즈리하 씨가 정말 진심으로 나오면 나 같은 건 잠시도 버티지 못할 테니까.

9 (토코 시점)

정전 협정 조인식도 무사히 끝나고 뒤에서는 분주하게 파티 준비가 진행되고 있었다.

그리고 파티 시작까지의 여흥으로 중앙 정원에서는 스즈하의 오빠와 아마조네스 군단장 두 사람, 그리고 유즈리하와 스즈하에 의한 대결이 이뤄지고 있었다.

시합은 배틀 로열 형식.

원래는 마지막까지 살아남은 자가 승리라는 형식이지만 실력 차가 너무 나기 때문에 필연적으로 1대4의 대전 형식으로 이뤄졌다.

스즈하의 오빠를 둘러싼 4명이 일제히 혹은 시간 차로 공격을 하는 상황이었다.

"……하지만 다들 아무리 그래도 기합이 너무 들어간 거 아니야?"

맨 앞줄 특별석에서 토코가 어이없어하며 대결 상황을

지켜보고 있자 바로 옆에 앉은 웬타스 여대공 아야노가 말을 걸었다.

"그만큼 다들 양보할 수 없는 게 있다는 뜻이겠죠."

"뭐——그럴지도 모르지만……아아, 이번에는 미안했어. 이쪽 사정으로 조인식을 위해 이런 변방까지 오게 해서."

"아뇨. 이쪽은 패전 측이고 포로를 데리고 돌아갈 필요도 있으니까 당연하다고 생각합니다."

"그건 그렇고 조인식에 아야노 대공이 직접 올 줄은 몰랐는데."

"당연히 와야죠. 이번에는 졌지만 그래도 드로셀마이엘 왕국 비밀 병기의 국제무대 데뷔에 제가 직접 참석하지 않을 만큼 감각이 둔해진 건 아니라고요."

"뭐, 아야노 대공이라면 당연하겠지. 참고로 초대장을 보내도 외교관은커녕 거절 편지조차 보내지 않은 바보 같은 나라도 꽤 있었는데!"

"그건 어지간히 외교 센스가 없거나 아니면 정보 수집 능력이 괴멸적인 거겠죠……. 뭐, 저도 남 얘기는 못 하겠지만."

스즈하의 오빠를 경시한 결과, 호되게 보복당한 피해자 리스트에 적어도 국외에서는 웬타스 여대공이 가장 위에 개재되어 있을 게 틀림없었다.

철저하게 실감한 듯한 한탄에 역시 토코의 얼굴이 굳어

지자, 아야노가 입을 열었다.

"그러고 보니 이 배틀 로열에 상품이 걸려 있는 것 같던데요."

"뭐? 뭐야, 난 그런 거 모르는데."

"시합 전 아마조네스 두 사람과 살육의 전쟁 여신의 대화를 언뜻 들었는데――듣자 하니 한 방 먹인 자는 로엔그린 변경백으로부터 축복의 키스를 받을 수 있다더군요."

"그거였냐아아아아?!"

무턱대고 기합이 들어간 이유를 알 수 있었다.

즉 다들 스즈하의 오빠에게 축복의 키스를 받고 싶어서 저렇게까지 엉망진창으로 기합이 들어가 있는 것이었다.

몹시 초조해하는 토코의 모습에 아야노가 고개를 기울이며 물었다.

"왜 그러세요? 토코 여왕님이 제안한 『보상』이라고 하던데."

"그런 보상이라면 내가 받고 싶다!! ――아니, 그야 확실히 난 조인식 당일에 모두들 앞에서 대결을 하면 보상을 주겠다고는 했지만! 보상이 스즈하 오빠와의 키스라는 말은 안 했어!"

"그럼 보상은 뭐죠?"

"그건……확실히 결정하지 않았지만……!"

"그럼 이야기가 가열되는 사이에 어느새 보상이 그렇게

된 거겠죠. 처음에 보상을 확실하게 알리지 않았던 토코 여왕님께도 책임은 있어요."

"으으윽……그런 바보 같은……."

스즈하 오빠에게 뭐라고 사과해야 할지 토코가 머리를 감싸고 괴로워했다.

그야 스즈하 오빠라면 '승리에는 축복의 키스가 동반되는 것'이라고 말해두면 쉽게 구슬릴 수 있을 것 같기도 하지만!

그런 토코의 모습에 아야노가 다시 고개를 기울였다.

"토코 여왕님은 대체 뭘 걱정하시는 거예요?"

"그야 그렇지!! 왜냐하면 갑자기 제 것인 양 키스를 요구하고 그게 내가 주는 보상이라는 말을 듣게 된다면 큰 문제라고!"

"그렇지 않아요. ――설마 로엔그린 변경백이 4명 중 누군가로부터 한 방 맞을 가능성이 있다고 생각하세요?"

"아……!"

너무나 당황한 탓에 잊고 있었다.

그러고 보니 오늘은――.

"스즈하 오빠에게 저 녀석들 모두를 엉망진창으로 만들어 때려눕히라고 했었지?"

"……그런 섬뜩한 지시를 내리셨어요? 진심으로 정색하게 되네요."

"오해야! 모두에게 스즈하 오빠의 힘을 보여주기 위해 어쩔 수 없었어!"

"참고로 아마조네스 두 사람에겐 뭔가 지시를?"

"아니. 그쪽에는 아무런 지시도 내리지 않았어."

"그럼 로엔그린 변경백의 완전 승리는 변함없겠군요. 얌전히 지켜보고 있으면 괜찮지 않을까요?"

"듣고 보니 확실히 그러네……."

10 (유즈리하 시점)

솔직히 말해 한 번의 찬스는 있을 거라고 유즈리하는 생각했다.

어쨌든 4대1.

게다가 이쪽은 유즈리하와 스즈하, 아마조네스 군단의 톱 두 사람.

어쩌면 이 대륙에서 2번째부터 5번째로 강한 인간이 모여 있는 것이라고도 할 수 있었다.

그런 올스타가 단 하나의 목적을 위해 사욕을 버리고 연계한 것이다.

그런데――!

"왜 그대에게 한 방도 먹일 수 없는 거야――!!"

그렇게 외치며 스즈하의 오빠의 오른쪽 비스듬히 45도

위치에서 검을 내리쳤다.

물론 페인트였다.

진짜는 아마조네스 두 사람이 등 뒤에서 일격을 가하는 상하 두 단계의 가로 베기…….

그렇게 보이도록 꾸미고 실은 스즈하가 공중제비로 10미터 높이에서 내리찍는 혼신의 단검 찌르기였다.

그 어떤 것도 최상위 기사라 해도 절대로 피할 수 없는 필살의 일격.

이런 공격의 표적이 되면 유즈리하 자신조차 틀림없이 당할 만한, 그야말로 지옥의 연계 플레이. 그런데.

"크으윽?!"

스즈하의 오빠는 오른손으로 유즈리하의 일격을 쉽게 막았다.

그리고 아마조네스의 공격은 양발로, 스즈하의 일격은 왼손으로 받아냈다.

마치 손발이 4개니까 4명의 공격을 받아내는 건 충분하다고 말하는 것처럼.

다음 순간 그는 무시무시한 힘으로 공격을 펼쳤던 반대 방향으로 우릴 내던졌다.

한순간에 4명 모두 지면에 내쳐졌다.

"으윽……그대는 오늘 평소보다 더 가차가 없는 것 같군……!"

대강 예상은 할 수 있었다.

분명 토코 그 바보가 스즈하의 오라버니에게 쓸데없는 말을 한 게 틀림없다고, 유즈리하는 생각했다.

오늘은 힘 조절 없이 철저하게 때려눕히라든가.

그야 유즈리하도 이유는 알 수 있었다.

자신이나 아마조네스를 상대해 4대1로 싸우는 것 자체가 이미 상식의 범위에서 크게 벗어나 있지만, 그래도 선전하는 것보다 압도하는 게 보다 더 그의 힘이 눈에 띄겠지.

하지만 토코는 바보라 잘 모른다고 유즈리하는 단언했다.

――스즈하의 오라버니에게 '힘 조절을 하지 마'라고 말했을 때.

그게 어느 정도의 참상을 일으킬지를――.

"앗……!"

유즈리하의 눈앞에서 아마조네스 두 사람이 움직였다.

박살 난 횟수는 백 번을 족히 넘어가고 있었다.

체력도 정신력도 너덜너덜해졌다.

처음부터 4명이 연계했고 그런데도 아직 한 대도 때리지 못했다.

그런데 고작 둘이 연계해 일격을 노리다니, 무리에도 정도가 있는 것처럼 보였는데――.

"그래, 그 방법이 있었구나……!"

유즈리하는 깨달았다.

한계를 깨달은 아마조네스 두 사람은 마지막 일격을 노리기 위해 향하고 있었다.

물론 그게 스즈하의 오빠에게 닿지 않는다는 것 정도는 알고도 남았다.

하지만 목적은 그게 아니야——!

단련한 자신이 지금 할 수 있는 최고의 일격을 보여주면 스즈하의 오빠에게 '잘했어'라는 말과 함께 머리 쓰담쓰담, 거기서 더 잘하면 열심히 했다고 키스조차 받을 수 있을 거라는, 이미 토코가 언급한 포상과 관계없이 바라던 결과를 억지로라도 낚아채려는 아마조네스가 생각한 지능적 플레이였다——!!

"유즈리하 씨!"

"!"

유즈리하가 불린 쪽으로 고개를 돌리자 그곳에는 아마조네스 최후의 일격 따위 눈길도 주지 않고 자신을 진지하게 바라보고 있는 스즈하가 있었다.

그 눈이 호소하듯 말하고 있었다.

——저거, 괜찮은데요?

——우리도 똑같이 하지 않을래요? 라고.

물론 유즈리하에겐 여기사의 프라이드가 있다. 살육의 전쟁 여신이라고 불렸던 긍지가 있다. 그러니 답은 하나밖에 없었다.

"그래, 물론이지——!"

우리도 한번 해봐야지.

마지막으로 우리가 보여줄 수 있는 최고의 일격을 가하면 분명 그 녀석은 놀라겠지.

그 이후 전력을 다해 졸라대면 머리 쓰담쓰담은 가능할 것이다.

어쩌면 키스도 아슬아슬하게, 가능할지도 몰라——!

……그렇게 아마조네스 두 사람과 유즈리하, 스즈하 콤비는 각자 마지막 공격을 전개했다.

물론 그런 욕망투성이의 공격이 스즈하의 오빠에게 통용될 리가 없었다.

4명 다 하늘 높이 쏘아 올린 불꽃처럼 하늘 높이 날아가며 시합은 스즈하 오빠의 완벽한 승리로 끝났다.

11

그 이후, 각국에서 온 귀빈들이 모인 파티도 무사히 끝났다.

귀빈들 모두를 손님방으로 안내한 후 안심하며 한숨 돌렸다.

원래라면 그 이후에 조촐하게나마 일행들끼리의 뒤풀이

가 예정되어 있었지만, 시합으로 너무 힘을 쓴 것인지 아마조네스 두 사람과 유즈리하 씨에 스즈하까지 4명 모두 의무실에 누워 있었다.

사정을 알고 있는 나조차 깜짝 놀랄 만큼 소름 끼치고 박진감 넘치게 당하는 척하는 모습을 보여줬기 때문이겠지. 편히 쉬게 해주고 싶었다.

그런 이유로 내가 정리를 끝내고 불을 끈 파티장을 마지막으로 혼자 둘러보고 있는데.

"아, 스즈하 오빠, 이런 곳에 있었구나."

"토코 씨? 무슨 일 있으세요?"

"아니. 그냥 내가 스즈하 오빠를 찾고 있었어."

토코 씨는 파티용 드레스를 입은 그대로였다.

가슴 앞부분이 크게 벌어져 토코 씨의 과감한 스타일을 아낌없이 보여주는 모습은 마치 여신 같아서 조금이 아니라 크게 심장에 나빴다.

나에게로 걸어오는 토코 씨의 드레스에 어두컴컴한 별빛이 반사되어 그 모습이 더더욱 마치 동화 속에 나오는 요정처럼 비쳤다.

"스즈하 오빠, 오늘은 정말 고마워."

"아뇨, 아뇨, 당치도 않습니다. 저야말로 토코 씨 덕분에 어떻게든 무사히 끝낼 수 있었어요."

"——지금이니까 말하겠지만 나도 예전의 유즈리하처럼

파티 도중에 목숨이 노려질지도 모른다고 생각했는데.”

“그건 제대로 대책을 세웠어요. 우리 메이드도 긴장하고 있었고.”

“……메이드가?”

“카나데의 일 처리는 신뢰할 수 있어요. 결국 어딘가의 스파이나 암살자가 숨어드는 일은 없었던 것 같지만요.”

아까 카나데에게 확인했지만 그런 보고는 받지 않았다.

카나데는 굉장히 우수하고 게다가 사전 대책도 철저하게 세웠으니 정말 스파이 따위 오지 않았겠지.

뭐, 그 대신 ‘성에 숨어들려고 한 바퀴벌레를 실컷 패줬어. 칭찬해줘’라고 해서 카나데의 머리를 슥슥 쓰다듬어주긴 했지만.

“그런데 토코 씨, 정말 습격당하면 어떻게 할 생각이었어요?”

“그때는 스즈하 오빠가 구해줄 거잖아?”

“……그야 구하겠지만요.”

“왕성에 잡혀 있던 나조차 구해준 스즈하 오빠인걸. 파티에서 목숨을 구해주는 일은 스즈하 오빠에겐 별것 아니잖아?”

“매번 구해줄 수 있을 거라고는 단정할 수 없어요…….”

“아하하. 네가 구해줄 수 없는 상황이라면 그건 이미 천운이겠지. 그때는 나도 딱 잘라 포기할게.”

한바탕 쿡쿡 웃고는 토코 씨가 내 눈을 바라보았다.

그건 굉장히 진지한 눈이었다.

마치 지금부터 일생일대의 고백이라도 할 것만 같은 그런 각오를 담은 눈동자.

"——스즈하 오빠. 난 줄곧 계속 말하고 싶어서 참을 수 없었어."

"……뭘요?"

"왕녀나 여왕이 아니라 한 명의 여자로서——날 구해준 것에 대한 감사 인사."

이상한 말이었다.

왜냐하면 토코 씨는 언제나 나에게 인사를 했고 쿠데타 때도 내가 황송할 정도로 감사 인사를 했으니까.

하지만 그런 내 마음을 꿰뚫어 보기라도 한 듯이.

"아니야. 그날 난 스즈하 오빠에게 『토코』라고 부르게 해서 날 한 명의 여자로서 대하도록 강요했어."

"네……."

"하지만. 그걸 강요하는 시점에 이미 여왕으로서의 입장에서 본 거였어. 대관식 때도 즉위식 때도 계속——난 여왕으로서 스즈하 오빠를 대했어."

"그야……당연하죠."

언제 어떠한 때도 설령 아무리 친하게 행동한다 하더라도.

다른 사람들과는 엄연히 다른 선이 있었다.

그게 일국의 왕이라는 존재니까.

그리고 그런 건 물론 토코 씨도 알고 있었다.

"그건 괜찮아. 내가 선택한 길이니까."

"……."

"하지만. 지금은, 지금 이 순간만은 단둘이니까――이름으로 부르게 해줘."

그리고 토코 씨는.

처음으로 내 이름을 부르며.

"――내 목숨을 구해줘서 고마워, 지금까지 날 지지해줘서 고마워. 그리고 앞으로도 오래도록 잘 부탁해――."

나의 뺨에 갑작스럽게 키스를 하고, 그리고.

"――정말 좋아해."

날 살짝 끌어안았다.

눈앞에 별빛에 반사된 토코 씨의 드레스가 떠올랐다.

토코 씨의 말랑하지만 탄력 있는 두 개의 가슴이 내 몸을 눌렀다.

"신경 쓰면 안 돼, 스즈하 오빠. 이건 우정의 뜻이니까."

토코 씨가 어떤 표정을 짓고 있는지 안겨 있어서 알 수 없었다.

"난 유즈리하랑 서로 뺏고 뺏기는 건 절대로 싫고 왕족은 서민과 결혼 못 하는 데다 귀족이 된 전직 서민과의 결혼도 전례가 없고 스즈하가 아가씨가 되면 분명 굉장히 성가실 테고——.”

“…….”

“하지만, 하지만, 그래도 난 널——!”

꼬르르르르르르륵——.

지옥에서 울리는 듯한 그 소리가 대체 무엇인지 이해하는 데 몇 초가 걸렸다.

즉, 그건 토코 씨 배에서 나는 소리였다.

“……응? 지금 혹시 배가 고파서……?”

“이, 이이이이, 잊어줘어어어!!”

확 비켜선 토코 씨의 얼굴은 수치심으로 새빨갛게 물들어갔다.

아아, 평소의 토코 씨로 돌아왔구나.

“그야 어쩔 수 없잖아!! 조인식도 파티에서도 계속 바빠서 오늘 하루 음식을 먹을 시간이 없었는걸!”

“그래도 파티 중에 초밥을 먹을 시간 정도는 있었을 텐데.”

“그야! 스즈하 오빠랑 함께 먹자고 약속했는데 타이밍이 전혀 안 맞았으니까!”

“과연. 그건 완벽하게 제 잘못이네요.”

“으음! 스즈하 오빠가 날 바보 취급하고 있어! 난 여왕인데!"

그렇게 말하며 볼을 부풀리고 기분 나쁘다는 어필을 하는 토코 씨의 모습에, 난 계속 웃음이 멈추지 않았다.

4장 반란과 섬멸, 그리고 개선 퍼레이드

1

정전 협정 조인식이 끝나고 각국에서 온 귀빈들도 각자의 나라로 돌아갔다.

마지막으로 웬타스 공국 일행이 돌아갔고 얼마 후 아야노 씨가 돌아왔다.

즉 일상으로 돌아온 것이다.

"그런데 토코 씨는 언제까지 여기 계실 거예요?"

"역시 돌아가야겠지. 이 이상 있으면 사쿠라기 공작한테 혼날 거고 오리할콘이나 화이트 헤어드 뱀파이어에 대한 조사도 한번 돌아가서 진지하게 지시를 내려야 하니까."

"과연. 유즈리하 씨는요?"

"응? 아니, 난 신경 안 써도 돼. 그대 곁에 있어도 된다고 아버님으로부터 보증도 받았고."

"그건 감사한 일이지만……."

유즈리하 씨도 왕국의 중진이며 공작가의 차기 당주일 텐데.

뭐, 내가 참견할 일은 아니지만.

내가 고개를 갸웃거리자 스즈하가 방긋방긋 웃으며 입을 열었다.

"오빠와의 단련도 평소처럼 돌아가겠네요!"

"그래. 조인식도 무사히 끝났고 아야노 씨도 돌아왔으니까 조금은 여유가 생길 것 같아."

"잘됐네요!"

스즈하가 과장되게 주먹을 치켜올리자 메이드인 카나데가 스르륵 다가와 말했다.

"……카나데도 훈련에 참가하고 싶어."

"뭐?"

"카나데, 열심히 최선을 다해 청소했어. 그러니까 상을 줘."

"그래. 일을 열심히 한 상을 줘야지——하지만 카나데는 그런 걸로 괜찮겠어? 좀 더 돈이나 휴가 같은 걸——."

"오히려 더 해도 좋아."

"카나데가 괜찮다면 나도 좋지만……."

"됐다……!"

나와의 훈련이 왜 그렇게까지 기쁜 건지는 둘째 치고 나이 어린 두 사람이 기뻐하는 모습을 흐뭇한 느낌으로 바라보고 있는데.

누군가가 등을 찔러 뒤를 돌아보니 그곳에는 졸라대는 얼굴의 유즈리하 씨가 있었다.

"……왜요?"

"아——. 난 그대의 파트너고, 그대에게 협력에 대한 대가를 요구하는 그런 품위 없는 여자는 아니야. 아니지만——!"

"아니지만?"

"아니지만 그래도——! 그건 그러니까! 물고기가 물을 좋아하는 마음을 가지듯 오는 정이 있어야 가는 정이 있다잖아——!"

"생선 먹고 싶어요? 그럼 오늘은 회를 준비할까요?"

"와아."

그걸로 괜찮은 거야? 공작 영애.

이쪽은 이름만 변경백이라 철저히 공작 영애인 유즈리하 씨를 어떻게 만족시켜야 할지 잘 모르겠어.

물론 엄청 신세를 진 것도 사실이니까 왕도로 돌아갈 땐 선물로 산더미만큼의 미스릴이나 오리할콘을 주고 싶었다.

"저기, 저기, 스즈하 오빠. 나는?"

"토코 씨?"

"스즈하 오빠에게 많은 선물을 받았지만 내 가방은 아직 여유가 좀 있어. 그리고 욕심 좀 부린다면 왕가나 여왕에 대한 게 아니라 스즈하 오빠가 나 개인에게 주는 선물이 필요해——."

"잠깐만. 토코는 이번에 그저 여왕으로서 일을 소화하기 위해 온 거 아니었어? 왜 스즈하의 오라버니한테 추가 보수를 받으려는 건데?"

"그런 거 아니야! 나도 노력했단 말이야!"

"그래?"

"그래! 구체적으로는 웬타스 공국에 돌려준 포로를 쓸모없는 인간으로 만들었고!"

"네……? 그러셨어요?"

그건――어떻게 된 거지?

생각에 빠진 날 눈치채고 유즈리하 씨가 물었다.

"왜 그래?"

"아뇨. 만약 포로가 쓸모없어진 게 사실이라면――또 전쟁이 일어날 것 같아서요"

"뭐야? 무슨 뜻이야?"

"나도 듣고 싶어."

"저도 흥미가 있습니다, 각하."

유즈리하 씨와 토코 씨에 아야노 씨까지 흥미를 드러냈기에 설명했다.

――요컨대 문제는 변경백령에서 발각된 미스릴 광산의 부정 유출이었다.

확인은 못 했지만, 그건 어느 나라의 병사가 부정 유출에 가담한 게 틀림없었다.

가장 가능성이 있는 건 국경을 사이에 둔 웬타스 공국.

"미스릴 광산은 부정 유출이 발각됐기 때문에 앞으로 더는 부정을 저지를 수 없을 겁니다. 게다가 정전 협정으로 꽤 많은 부담을 안게 됐다면……."

"미스릴 광산을 빼앗으려고 다시 전쟁을 일으킨다는 거야——?"

"네에. 포로인 사령관이 쓸모가 없어졌다면 상황이 계속 악화될 거예요. 지휘관 육성에는 정말 시간도 돈도 많이 드니까요."

"저기, 스즈하 오빠. 혹시 웬타스 공국 전체가 부정 유출에 가담하고 있을까?"

"그건 아니겠죠. 만약 그렇다면 정전 협정을 그대로 받아들이지 않았을 겁니다."

"흐음……."

유즈리하 씨와 나머지 사람들이 생각에 빠졌다.

뭐, 그럴 가능성도 있다는 수준의 이야기지만. 게다가.

"그렇다 해도 웬타스 공국의 아야노 대공은 우수하다니까 괜찮겠지만요."

내 말에 토코 씨가 복잡한 얼굴로 고개를 저었다.

"아니. 아야노 대공은 본인이 우수한 만큼 바보들의 생각은 모르는 타입이거든."

"네?"

웬일인지 아야노 씨가 충격받은 얼굴을 했다. 어째서?

유즈리하 씨가 팔짱을 끼고 말했다.

"결국 그대의 가설은 웬타스 공국에 미스릴 광산 부정 유출로 큰 이익을 얻은 영주가 있고 그 녀석의 금전 공급

원이 끊어져 악에 받친 결과 로엔그린 변경백령을 이판사판으로 공격할 거라는 그런 말이지?"

"네에."

"아주 어리석은 선택지지만 가능성은 충분히 있는 이야기야. 물론 그대가 말한 대로 어디까지나 가설이니까. 지금 여기서 어떻게 할 만한 이야기는 아니라고 생각해."

"그렇죠."

"솔직히 그대도 나도 있는 이상 이쪽은 공격받는다 해도 딱히 곤란하지 않으니까. 그러니까 상황을 지켜볼 수밖에 없겠지."

"의지가 되네요, 유즈리하 씨."

"그래, 맡겨줘."

*

그런 이야기를 나누고 토코 씨도 왕도로 돌아간 지 한 달.

우리 영지와 인접한 웬타스 대공국의 캐런두 영지에서 반란이 일어났다.

로엔그린 변경백령을 향해 선전 포고를 해온 것이다.

2

선전 포고했다는 보고를 받은 그때, 우리는 마침 점심 식사 중이었다.

당연하게도 그 이후의 회의에선 크게 옥신각신했다.

다 함께 밥상에 둘러앉아 메밀국수를 먹으며.

"참나, 목숨 아까운 줄 모르는 멍청이들이 대체 무슨 생각을 하는 건지――한 그릇 더!"

"네."

후룩, 후루루루루룩.

"오빠가 이전에 말했던 대로 됐네요. 그럼 전쟁을 벌인 동기는――오빠, 저도 한 그릇 더 주세요."

"그래, 그래."

후룩――, 후루룩――.

"아니, 동기는 일단 뒤로 미루고. 우선 우리가 어떻게 때려눕힐지――한 그릇 더! 그리고 튀김도 얹어주면 엄청 기쁠 것 같은데."

"마지막으로 한 개 남았어요. 여기요."

후루루루룩, 꿀꺽.

"아앗……어쩔 수 없네요, 그럼 전――."

"좀 진지하게 해주시면 안 되겠습니까?!"

아야노 씨에게 혼나고 말았다. 뭐, 그렇지.

그 이후 아야노 씨의 눈총을 받으며 서둘러 메밀국수를 전부 다 먹고 육수까지 제대로 먹은 후 회의가 재개되었다.

밥상에 둘러앉은 채 하는 건 용서해주겠지?

"그럼, 상황을 정리할게요. 이웃 나라에서 선전포고를 해왔는데――."

"참나. 정말 그대가 말한 대로 될 줄이야."

"나도 좀 놀랐어요. 뭐, 웬타스 공국 그 자체라기보다 인접한 캐런두 후작이 반란을 일으킨 것 같지만요."

내 생각으로는 이번에 웬타스 공국은 모르쇠로 버틸 것이다.

어디까지나 반란을 일으킨 일부 영주의 폭주니까 관계없다고 하겠지.

아마 정말 그들에게도 아닌 밤중에 홍두깨 아닐까.

각국 귀빈들 앞에서 조인한 정전 협정을 바로 파기하는 건 너무 단점이 크니까.

"하지만 캐런두 후작령은 웬타스 공국에서 다섯 손가락 안에 꼽히는 대영지니까요. 그들이 이기면 웬타스 공국도 모르는 척 못 하겠죠."

"그러면 어떻게 되는데?"

"우리가 전쟁에서 지면 조금씩 처리해나가다 다시 전쟁 상태로 돌아갈 거고 우리가 이기면 반란군으로서 버리지 않을까요? 유즈리하 씨는 어떻게 생각하세요?"

"타당한 의견이라고 생각하는데."

유즈리하 씨는 왠지 납득이 안 간다는 듯이 말했다.

"이론적으로는 스즈하의 오라버니 말이 옳다는 걸 알지만 도무지 내 감정이 따라가질 않아서……."

"저기, 그게 무슨?"

"아니, 스즈하의 오라버니랑 전쟁을 하는 거잖아……?"

"……네?"

"어딜 어떻게 생각하면 로엔그린 변경백령과 전쟁을 해서 이길 거라고 생각할 수 있는지 그 부분이 정말 너무 수수께끼라……아니, 그대를 적으로 돌리다니……너무 무섭잖아. 어때, 스즈하도 그렇게 생각하지 않아?"

"그 이유는 간단해요."

"뭔데?"

"오빠는 너무나 차원이 다른 레벨로 강하니까 얼마나 터무니없이 강한지 애송이들은 모르는 거예요."

"과연……듣고 보니 그럴지도. 그러면 내가 강하다고 알려진 건 그렇게 인식할 수 있을 정도의 틈이 있기 때문인가? 좀 더 정진이 필요하겠어……."

유즈리하 씨가 묘한 방향으로 납득했을 때 옆에서 아야노 씨가 설명을 덧붙였다.

"캐런두령의 영주는 지난번 전쟁에서 50만의 병력을 제공한 데다 군량도 담당했고 전력의 대부분을 맡았습니다. 그리고 그 병력은 전쟁 전반에는 연전연승이었고 마지막엔 사령관만 저격당한 결과 거의 상처 없이 남았습니다."

"으음……오빠의 온정을 원수로 갚다니, 용서할 수 없군요……!"

"스즈하의 말이 맞아. 게다가 그 정도의 대담한 행동을 벌인 스즈하의 오라버니에게 또다시 검을 들이대다니, 레벨이 너무 낮다고밖에 말할 수 없을 것 같아……."

"평범하게 생각하면 각하가 완수한 사령관 전원 납치 작전은 현실적으로 불가능하니까요. 아마 각하가 웬타스 대공 휘하의 배신자와 내통해 그러한 연출을 한 것이라고 생각하고 있겠죠."

"과연……."

"그건 그렇지만 미스릴 광산에 대해 알고 있다는 걸 감안해도 반란을 일으키면서까지 거병하는 건 무리입니다. 역시 캐런두령은 미스릴의 부정 유출에 관여해 오랫동안 큰돈을 벌어왔다고 생각해야겠죠."

"그러게."

뭔가 모두들 사이에서 평온하게 이야기가 진행되고 있지만.

나로서는 굉장히 신경 쓰이는 일이 하나 있었다.

"저기……우리 영지엔 병력이 전혀 없는데요?"

엄청 진지하게 말을 할 생각이었는데.

"무슨 소릴 하는 거야? 설령 적병 백만이 모였다 해도 오거의 대수해보다 훨씬 쉬울 텐데."

"명백하게 오빠의 적은 아니죠. 물론 저도 함께하겠지만."

"아니, 차라리 스즈하의 오라버니 혼자 섬멸하는 게 더 나을지도 몰라. 두 번 다시 이런 바보가 나오지 않도록."

"그러게요……오빠를 건드리면 어떻게 되는지를 더할 나위 없이 알기 쉬운 형태로 대륙 전체에 널리 알려야겠죠."

그렇게 스즈하와 유즈리하 씨의 이야기가 정리된 결과.

난 혼자 캐런두령 전군과 싸우게 되었다.

3

캐런두령으로부터의 선전포고를 받은 날 밤, 넓은 방에서 제1회 작전 회의가 열렸다.

"그러니까. 그럼 카나데, 상황을."

"맡겨줘."

메이드인 카나데가 탁자 위에 융단 정도 크기의 지도를 펼쳤다.

카나데가 몸을 쑥 내밀고 아주 풍만한 가슴을 꾹꾹 변형시키면서 지도 위에 있는 한 지점을 가리켰다.

"유능한 메이드의 정보에 의하면 이 평원에 백만의 병사가 집결했어."

"백만……?!"

"용케 그렇게 모였군요. 뭐, 적으로 돌린 오빠가 얼마나 무시무시한지 최소한은 이해하고 있다는 뜻일까요?"

"단순히 병사가 얼마나 모이든 스즈하의 오라버니에게 대항하는 건 절대로 불가능하지만. 나나 스즈하, 적어도 아마조네스족이 백만 명 모였으면 한 번의 기회로 승리할 가능성이……아니, 불가능한가?"

"아니, 아니, 아니!! 그런 걸 이길 수 있을 리가 없잖아요!"

"뭐, 그런 것보다."

나의 당연한 태클은 깔끔하게 무시되었다. 괴로워.

"이 평원에 병사를 집결시킨 뒤에, 산길을 졸졸 나란히 줄지어 행군할 생각인가? 어때, 스즈하?"

"글쎄요. 하지만 그런 걸 기다리다간 끝이 없을 거예요."

"그러니까 병사가 평원에 전부 집결하면 이쪽에서 백만 명의 병사를 치는 게 손쉬운 길이겠지. ――카나데, 그 물건을."

"알았어."

메이드인 카나데가 일단 물러났다가 굉장히 큰 검을 갖고 돌아왔다.

뭐야, 난 이런 거 몰라.

게다가 이 검, 뭐랄까……검의 몸체가 20미터는 될 것 같은데?

"그대가 이걸 갖고 적진 안을 휘젓고 다니는 거야. 그렇게 하면 아무리 바보라 해도 그대와 대적한다는 것의 의미를 알게 되겠지. 어때, 스즈하, 괜찮아 보이지?"

"오빠라면 이 10배, 200미터의 검이라 해도 쉽게 휘두를 수 있지 않을까요……?"

"그것도 생각해봤는데 다루기가 너무 힘들어서."

"과연. 그럼 납득할게요."

스즈하가 이해할 수 없는 납득을 했지만 그 이전에 언제 만든 거야, 이런 걸?

"응, 이 검? 스즈하의 오라버니가 이런 큰 검을 휘두르면 필시 멋있을 것 같아서 몰래 만들었어. 나의 작위 수여 축하 선물이라고 생각하면 돼."

"……감사합니다……."

다소 얼굴이 굳어졌지만 인사를 건네는 나.

이번 전쟁에서는 그렇다 쳐도 그 이후에는 보관 창고로 향할 물건이었다.

이런 걸 줄 바에야 초밥이 훨씬 기쁠 것 같다는 본심은 잘 숨겼다.

……하지만 이거, 검 자체는 엄청 잘 만들어졌네.

카나데한테 받은 검을 쓸데없이 넓은 회의실 벽에 닿지 않도록 살짝 휘둘러봤는데 유즈리하 씨가 웬일인지 엄청 만족한 듯 팔짱을 낀 채 몇 번이나 고개를 끄덕였다.

"으음……! 내가 선물한 대검을 웃는 얼굴로 시험해보는 그대의 모습 굉장히 좋은데……!"

"……그래요……."

부정하면 엄청 슬퍼할 것 같아서 수긍하기로 했다.

*

결국 작전 회의는 '평원에 있는 백만 명의 병사를 내가 때려눕히는' 굉장히 심플한 작전이 나를 제외한 만장일치로 가결되었다. 그래도 괜찮은 거 맞아?

그 이후 내가 성의 중앙 정원으로 나가 대검을 시험 삼아 휘두르는 동안 스즈하와 유즈리하 씨는 정원 한쪽 구석에서 세세한 작전을 세우고 있는 듯했다.

검을 확인하는 내 귀에 바람을 타고 스즈하와 유즈리하 씨의 대화가 흘러들어왔다.

"——잠깐만! 왜 내가 내 유일한 파트너의 유일무이한 등을 지킬 수 없다는 거지?!"

"그야 당연하죠. 유즈리하 씨처럼 유명인이 오빠 곁에 있으면 무슨 일이 있어도 유즈리하 씨의 공적이 돼서 오빠를 대대적으로 어필하는 작전이 엉망이 될 테니까요. 그리고 천연덕스럽게 오빠의 파트너를 자칭하는 건 좀 그런 것 같은데요."

"그, 그럼 가면무도회처럼 눈을 가리면 세이프 아니야?!"

"완전 아웃이에요. 만약 오빠가 수수께끼의 악마에게 홀렸다는 소문이라도 나면 어떻게 책임지실 건데요?"
"책임이라면 언제든 질 각오가 있어!"
"기각할게요. 간사한 오오라가 장난 아니거든요."
"으윽……부정 못 하겠어……!"
"그러니까 오빠는 여동생이자 지명도 제로인 제가 잘 지킬게요. 유즈리하 씨는 성을 잘 지켜주세요."
"그건 너무 비정하지 않아?!"
무슨 이야기를 하고 있는지는 모르겠지만 스즈하가 유즈리하와 친해 보여서 오빠로서 굉장히 기뻤다.

4

웬타스 공국에서 정식 통첩이 도착했다.
예상대로랄까, 웬타스 공국은 캐런두 후작의 선전포고에는 일절 관여하지 않았으며 정전 협정을 파기할 의사는 존재하지 않는다고 밝혔다.
그리고 정중하게도 독단으로 선전포고를 한 캐런두령에게 웬타스 공국은 일절 관여를 포기하며, 로엔그린 변경백이 캐런두 후작령을 점거, 지배한다 해도 일절 참견하지 않겠다고 적혀 있었다.
게다가 요청이 있으면 바로 원군을 보낼 준비가 되어 있다고까지.

“왠지 『그렇게까지 안 해도 되는』 것까지 쓰여 있는 것 같은데……?”

집무실에서 나에게 공문서를 건넨 아야노 씨가 내용을 한 번 훑어보고 말했다.

“그렇게까지 해서라도 정전 협정을 깬 바보와 웬타스 공국은 일절 관계가 없다고 주장하고 싶은 거겠죠.”

“그런가?”

“만약 제가 대공이라 해도 확실히 여기까지 다짐했을 겁니다. 그리고 같은 문장을 토코 여왕님, 아마조네스 총군단장에게 최우선 속달로 보내고 게다가 그 이외의 국가에도 뿌리겠죠. 그렇게까지 해도 격앙된 아마조네스족이 웬타스 공국을 급습하지 않고 끝낼 확률은 고작 반반 아닐까요.”

“하하하, 설마.”

“그러니까 아마조네스족에게는 각하께서 편지 한 장 보내주십시오. 아니, 정말 부탁드립니다——!”

웬일인지 아야노 씨에게 절을 받게 됐고 아마조네스족에게 편지를 쓰게 되었다.

뭐, 이번 일로 만약 아마조네스족이 마음 졸이면 미안하니까 내가 먼저 편지를 쓰는 데 이의는 없지만.

이쪽은 걱정 안 해도 된다고, 진정이 되면 아마조네스 마을로 놀러 가고 싶으니까 기다려줬으면 좋겠다고, 전쟁을 안 하는 아마조네스족도 굉장히 멋지다고, 그리고 웬타스 공국도 힘들 테니까 따뜻하게 지켜봐달라는 내용을 아야노 씨의 철저한 지도 아래 써 내려갔다.

아야노 씨 왈, 이런 문장이 외교적으로도 무난하고 또한 아마조네스족에 대한 진심이 담긴 멋진 문장이라고 했다.

평범한 서류 업무가 아닌 외교적 문장까지 상세히 잘 아는 아야노 씨는 역시 대단했다.

그리고.

완성된 편지를 확인한 후 아야노 씨는 눈물을 흘릴 것처럼 기뻐했다.

"다행이다, 정말 다행이야……! 여기서 일하길 정말 잘했어!"

"그건 다행이네……?"

왜 아야노 씨가 감격했는지는 모르겠지만 뭐, 그건 상관없으려나.

*

그럼 출진, 직전에 문제가 발각되었다.

성을 지킬 사람이 아무도 없는 것이었다.

매달리듯이 아야노 씨를 간절한 마음으로 바라보았지만.

"제가 남는 건 상관없습니다만 따로 책임자가 없는 상태로는 불가능합니다."

"으윽. 역시 그런가?"

"당연하죠. 지난번에는 단순한 광산 출장이었으니 다행이었지만 각하가 전쟁에 출전하시는데 후방에서 성을 지킬 사람이 적국인 웬타스 공국 출신의 문관이라니, 위엄이 안 선다고요."

아야노 씨가 1분의 틈도 없이 정론을 전개하자 그 옆에서 메이드인 카나데가 가슴을 쭉 피고 말했다.

"유능한 메이드는 전장에서도 굉장히 도움이 돼."

"카나데는 분명 다양한 천장 안 정보를 손에 넣은 실적이 있으니까……."

"정보든 밥이든 청소든 뭐든 맡겨줘."

뭐, 아무튼 메이드를 성 지키는 책임자로 놔둘 수는 없었다.

그럼 스즈하와 유즈리하 씨는 어떠냐 하면.

"오빠가 출진하는데 제가 성에 남을 순 없어요. 오빠를 전장으로 보내고 여동생인 제가 성에서 오빠의 지위 찬탈을 노린다고 오해받을 바에야 차라리 여기사로서 자해하는 게 더 낫다고요."

"나도 파트너를 버리고 혼자 전장으로 가게 놔둘 바에야 죽는 게 나아. 게다가 난 늘 전쟁에서는 최전선에서 싸워왔으니까 여기서 후방으로 물러났다는 천박한 억측을 받을 순 없어."

"……뭐, 그렇겠죠……."

이런 느낌으로 다들 지극히 당연한 이유로 동행을 주장했다.

차라리 거리의 높은 사람에게라도 맡기려고 했지만 이것 역시 완벽하게 기각되었다.

가난한 영지면 몰라도 미스릴 광산에 오리할콘을 품고 있는 로엔그린 변경백령에서 평민이 책임자라는 건 있을 수 없는 일. 납득이 갔다.

이런저런 일로 출진 못 하는 날들이 이어졌다.

어떻게 하냐며 머리를 감싸 쥐던 상태는 갑작스럽게 끝을 고했다.

무려 왕도에서 토코 씨가 직접 찾아온 것이다.

"이런, 이런, 제군들, 힘들었지?!"

"토코 씨?!"

"스즈하 오빠도 첫 전쟁이라 고생하는 것 같네! 하지만 이제 괜찮아!! 여왕이자 대마도사인 이 몸이 왔으니까 애송이 군 따위 전부 다 모아서 불바다로——."

"왔다! 토코 씨가 왔다! 이걸로 이길 수 있어!"

"뭐……?! 뭐, 뭐야, 스즈하 오빠도 참. 그렇게까지 오버하며 환영해주면 역시 나라도 쑥스럽잖아——."

"그럼 토코 씨, 성을 잘 부탁드려요!"

"——뭐? 잠깐, 스즈하 오빠?! 대체 무슨 말이야?!"

——그때는 설마 토코 씨가 '상대가 대군이라면 마도사인 내가 나가야지! 게다가 스즈하 오빠에게 목숨을 구해준 은혜를 조금이라도 갚고 싶고!'라며 기세당당하게 왕성에서 무리하게 와줬다고는 상상하지도 못했다.

우리는 토코 씨에게 성을 강제로 맡기고 의기양양하게 출진했다.

5

국경은 당연히 봉쇄되어 있었지만 우리가 성의를 보이자 호의적으로 입국하게 해주었다.

구체적으로는 스즈하와 유즈리하 씨가 입국을 거부하는 국경 경비대의 석조 대기소를 발로 차 한 방에 무너뜨렸지만.

그 뒤에 스즈하가 '당신들도 적국의 병사니까 똑같이 해줄까?'라고 나지막하게 말했더니 무사히 보내주었다.

왠지 가혹한 협박을 본 것 같은 기분도 들지만.

그래도 선전포고가 있었던 이상 당연한 예고이지, 협박은 아닐 것이다. 아마도.

그 뒤 산을 넘고 숲을 지난 지 며칠, 현재 우리는 절벽

위에서 적병이 모인 평원을 내려다보고 있었다.

우리의 눈 밑에는 무시무시한 숫자의 병사들이 평원에 복작거리고 있었다.

꽤나 장관인 광경이었다.

"카나데의 정보대로야. 이거 정말 병사들이 백만 명은 될 것 같은데."

"에헴."

"오빠. 여기서 관찰해보니 병사들의 장비가 제각각이에요. 역시 오합지졸일 가능성이 높아 보이네요."

"그대, 저기 좀 봐. 본진은 저기겠지……여기서 20킬로 정도 떨어져 있어."

"그러네요."

적병들이 모이긴 했지만 아직 출발 명령은 떨어지지 않은 듯했다.

어차피 로엔그린 변경백령으로 이어지는 길은 좁은 산길이기 때문에 출발 명령이 떨어져도 순서대로 움직일 수밖에 없겠지만.

"병참병들도 꽤 있는 것 같은데. 그래도 전쟁 마지막까지는 당연히 유지할 수 없겠지."

"오빠, 병참병이 뭐예요?"

"병참, 즉 식료를 옮기는 부대야. 이게 다 떨어지면 식재료를 현지에서 조달해야 해. 그보다 국경을 넘으면 약탈할 생각이겠지."

"오빠는 뭐든 다 알고 있네요! 역시 대단해요!"

"아니, 기사학원에 다니는 스즈하가 왜 몰라……?"

한심한 시선을 보내자 스즈하는 멍해졌지만 유즈리하 씨는 얼굴을 홱 돌려버렸다.

왕립 최강 기사 여학원 학생회장으로서 생각하는 바가 있는 것 같았다.

"저기, 그런 것보다! 작전은 당초랑 변경 없이 괜찮을까?"

"뭐, 괜찮겠죠."

작전이라 해도 내가 적군 중심으로 들어가 날뛴다는 단순하고도 엄청 엉성한 작전이지만. 정말 작전이라 불러도 될까?

뭐, 나 말고 다른 멤버들도 역할은 다 있지만.

유즈리하 씨는 적의 총대장 캐런두 후작을 놓치지 않는 역할이다.

"그런데 유즈리하 씨, 캐런두 후작은 찾으셨어요?"

"적의 본진 가장 깊숙한 곳에서 후작 부자랑 그 동생들의 모습을 확인했어. 만약 도망치려고 하면 안 죽을 정도로 때려눕히고 포박할게."

스즈하와 카나데는 정보 조작 역할.

"스즈하, 카나데. 할 수 있겠어?"

"문제없어요. 백만 명의 병사를 때려눕힌 게 오빠 한 명이라는 사실을 분명하게 부채질하고 올게요."

"걱정 마. 정보 조작은 메이드의 기본."

"우뉴."

"……우뉴코도."

만에 하나를 생각해서 우뉴코도 데리고 왔지만 완전히 카나데의 머리 위에서 못생긴 개처럼 늘어져 있는 게 익숙해진 듯 보였다. 지나친 생각이었을지도 모른다.

"그럼 슬슬 시작해볼까?"

그렇게 말하며 난 유즈리하 씨가 선물로 준 몸체만 20미터인 대검을 손에 들고 그대로 적진 한가운데를 목표로 내던졌다.

"""뭣——!"""

스즈하와 유즈리하 씨가 숨을 삼키는 건 전혀 개의치 않으며.

"전쟁 개시네."

이어서 나도 절벽 위에서 튀어 나갔다.

6 (유즈리하 시점)

유즈리하의 눈 아래에서 대폭풍이 불어댔다.

그건 자연적인 폭풍이 아닌 인공 대폭풍.

하지만 그렇기에, 폭풍은 자연적으로는 결코 있을 수 없는 무시무시한 기세 그대로 캐런두 후작군을 지옥과 같이 유린했다.

폭풍의 중심에 있는 건 단 한 명의 젊은이.

몸체가 20미터는 되는 대검을 휘두르며 물리적인 폭력의 극에 이른, 사정권 내에 있는 적병을 문답무용으로 날려버리는 그야말로 불합리의 덩어리——.

"……내가 시켜놓고 이렇게 말하는 것도 좀 그렇지만 스즈하의 오라버니는 정말 전투력의 화신이랄까, 뭐랄까……. 너무 치트키 아니야?"

"살육의 전쟁 여신이라는 별명으로 불리는 유즈리하 씨가 무슨 소릴 하시는 거예요?"

"아니, 아니, 아니. 난 저런 상식 밖의, 사기라 할 수 있는 상태로 강했던 적은 없어."

"오빠도 본인을 분명 그렇게 생각할 거예요."

"그럼 할 말이 없는데……."

그래도 역시 자신의 힘과 스즈하네 오빠의 힘은 달과 자라 이상의 큰 차이가 난다고 생각하는 유즈리하였다.

"전 절대 무리지만 유즈리하 씨라면 엄청 노력하면 가능하지 않을까요? 전 절대 무리지만."

"나도 절대 무리야……아니, 5분이나 10분 정도 멈춰 세우는 거라면 몰라도 저렇게 선풍기 날개 같은 기세를 백만 명이 쓰러질 때까지 계속 유지할 수 있을까?"

"그러게요. 게다가 오빠는 힘 조절을 하고 있는 거고."

"……힘 조절? 어디가?"

유즈리하의 눈에는 힘 조절은커녕 힘껏 회전하고 있는 것처럼만 보였다.

회전이 너무 빨라서 검의 몸체가 안 보였으니까.

당연하게도 굉장히 맹렬한 회오리가 스즈하 오빠를 중심으로 일어났고 검의 사정권 밖에서 적병들이 퍼붓듯이 쏴대는 화살 폭풍 또한 하나도 빠짐없이 속력을 잃고 중심에 있는 스즈하의 오빠에겐 닿지 않았다.

"잘 보세요. 아마 저 병사들, 한 명도 죽지 않았을 거예요."

"뭐라고?!"

"엄청 화려하게 날아가고 있으니까 그렇게는 안 보였지만 상공 수십 미터까지 올라갔던 병사들이 철퍼덕 낙하해도 아직 몸이 움찔거리고 있잖아요. 아마 전치 3개월, 그 정도 되려나요?"

"어떻게 하면 그런 게 가능하지?!"

"아마도――오빠의 비장의 치료 마법, 그걸 검에 흘려보내고 있는 것 같아요."

"앗……!"

"평범하게 생각해서 그런 일이 가능할 거라고는 도저히

생각할 수 없지만 뭐, 오빠니까요."

스즈하 오빠의 치료 마법은 유즈리하도 잘 알고 있었다.

그 치료 마법의 위력이란 믿을 수 없을 정도로 강력해서, 자기도 그걸로 몇 번이나 살았다.

유즈리하의 몸통을 화이트 헤어드 뱀파이어의 오른팔이 관통했을 때도, 토코의 심장에 단검이 박혔을 때도 치료 마법 덕에 즉사 상태에서 회복했으니까.

"그런 말은 들은 적도 없지만……아니, 스즈하의 오라버니라면 가능한가……?"

"적어도 오빠 이외에는 불가능하겠죠."

정말로 놀랄 만한 스즈하의 가설이지만 그 이외엔 눈앞에서 펼쳐지는 광경을 설명할 수 없었다.

유즈리하의 눈도 분명히 확인했다.

화려하게 날아간 적병들이 그래도 확실히 살아 있는 모습을.

이미 적병의 반, 50만 명 정도가 쓰러졌음에도 불구하고.

명백하게 시체가 된 적병을 한 명도 발견할 수 없다는 것――.

그렇게 유즈리하가 너무나도 압도적인 다정한 폭력에 어이없어하는 사이.

어느새 스즈하와 메이드인 카나데의 모습이 사라져 있었다.

"앗……그렇지, 작전……!"

서둘러 유즈리하가 확인해보니 캐런두 후작 일행이 명백하게 도망치려는 것 같았다.

그 모습을 관찰한 유즈리하는 도망치는 것도 시간문제라고 판단했다.

한 명도 놓치지 않기 위해선 슬슬 움직일 필요가 있어 보인다.

"하지만 이게 나의 파트너를 적대시했던 어리석은 자의 말로라는 것인가——절대로 저렇게는 되고 싶지 않아……."

유즈리하는 몸을 부르르 떨며 재빨리 자신의 의무를 수행하기 위해 달렸다.

*

뒤에 전투가 있었던 지명을 따서 캐런두 평원회전이라고 불린 그 싸움은 전투 개시로부터 불과 2시간 만에 결판이 났다.

투입 병력은 캐런두 후작군 111만 5천 3백 명에 로엔그린 변경백군 고작 4명.

하지만 그 결과는 로엔그린 변경백군의 완전 승리였다.

7

전쟁이 끝나고 로엔그린 변경백령으로 개선 귀국했는데.

기다리고 있던 토코 씨에게 엄청 혼났다.

"스즈하 오빠는 여왕인 날 뭐라고 생각하는 걸까――?!"

웃는 얼굴로 화를 내면서 내 좌우 뺨을 쭈욱 잡아당기는 토코 씨.

"죄송합니다! 하지만, 하지만, 토코 씨라면 성을 맡겨도 안심이니까!"

"――스즈하 오빠, 그걸 좀 더 자세하게 설명해봐."

토코 씨가 잡아당기는 걸 멈췄고 난 늘어나서 빨개진 뺨을 부드럽게 쓰다듬으며 변명했다.

"그야 토코 씨가 성에서 성을 지켜준다고 생각하면 우리는 안심하고 나갈 수 있으니까요!"

"흐――음……스즈하 오빠의 성에 내가 있으면 안심이 돼……?"

"그야 그렇죠. 역시 제가 돌아가야 할 곳에 토코 씨(처럼 강한 사람)가 있어주면 안심하고 싸우러 갈 수 있으니까."

"흐, 흐――음……스즈하 오빠는 내가 기다려주는 게 좋구나……흐――음……."

"(성을 비운 사이에 적이 공격해도 안심할 수 있으니까) 물론이죠!"

"그, 그래……? 그럼 됐어……."

분노 모드였던 토코 씨가 어느새 얼굴을 빨갛게 물들인 채 날 위로 올려다보며 꼼지락거렸지만 뭘 쑥스러워하는지는 알 수 없었다.

뭐, 토코 씨의 분노는 가라앉은 것 같으니 결과적으로 전부 다 잘된 걸로.

*

우리가 없는 동안 토코 씨와 아야노 씨는 꽤 친해진 것 같았다.

"아야노와도 이야기해봤는데 이번 전쟁의 전승 파티는 왕도에서 열려고 해. 그렇지, 아야노?"

"맞습니다. 로엔그린 변경백과 토코 여왕님의 관계를 이상하게 억측하지 않도록 하기 위해서라도 연속으로 이 성에서 의식을 치루는 건 피해야겠죠."

아야노 씨의 말을 듣던 유즈리하 씨 또한 납득한 듯 고개를 끄덕였다.

"과연. 아무리 스즈하의 오라버니의 전면적인 공적이라고 해도 왕도에서가 아니라 스즈하 오라버니의 근거지에서 행사가 계속 열리면 그 관계를 의심받을 수 있다는 건가. 게다가 토코가 양쪽 다 출석하게 되면……."

"네. 토코 여왕님을 경시하고 변경백 각하에게 노골적으로 다가오는 녀석들이 나오겠죠."

"바보 멍청이는 버리면 되니까 난 딱히 상관은 없지만. 하지만 그렇게 하면 스즈하 오빠가 귀찮을 것 같은데."

"저기……배려해주셔서 감사합니다?"

여왕인 토코 씨보다 평민 출신인 내가 중시되다니, 천지가 뒤집혀도 있을 수 없는 이야기지만 난 분위기 파악을 할 줄 아는 남자니까 인사를 해두기로 했다.

"그러니까 스즈하 오빠에겐 미안하지만 나랑 같이 왕도까지 가줘야겠어!"

"알겠습니다."

"성대한 전승 파티가 될 수 있게 왕도에 지시도 내려뒀으니까! 기대해!"

"그게 성대해도 전 기쁘지 않은데요……."

굳이 말하자면 케이터링 초밥만 갖고 와서 집에서 먹고 싶었다.

"미리 말해두겠는데 도망치면 안 돼. 스즈하 오빠는 이번 파티의 주인공이니까 꼭 출석해야 해. 웬타스 공국에서도 여대공이 올 거고, 역시 외국의 수뇌부는 있는데 주인공은 없는 건 실례니까."

"네? 웬타스 여대공도 오십니까?"

사전에 '웬타스 공국은 전쟁에 일절 관여하지 않는다'라는 편지를 받았으니까 틀림없이 마지막까지 모르쇠로 버틸 줄 알았는데.

내가 그렇게 말하자 토코 씨가 쓴웃음을 지었다.

"대외적으로 그렇게 거절해봤자 어떻게 생각해도 부하를 제대로 다루지 못한 웬타스 여대공의 실수임에는 틀림없으니까. 우리는 일절 적의가 없습니다, 영원한 친구입니다, 하고 내외에 어필하기 위해서라도 의식에 참가해야 해."

"그런 건가요?"

"그러니까 우리도 대외적으로는 눈감아 주지만 뒤로는 그에 상응하는 뒤처리를 해야 하니까——어느 정도 선에서 마무리할지 나랑 아야노가 계속 이야기를 나눴어."

"네에?"

토코 씨는 그런 건 유즈리하 씨랑 의논하는 이미지가 있었는데 왠지 의외네.

나의 시선을 알아차린 유즈리하 씨가 어깨를 움츠리며 한마디.

"난 그런 곡예는 싫어하니까."

차기 공작가 당주로서 괜찮은 걸까.

그렇게 생각했지만 현명한 난 입 밖으로 내뱉지 않았다.

그로부터 며칠 후.

난 유즈리하 씨에게 성을 맡기고 스즈하와 토코 씨 두

사람과 함께 왕도로 여행을 떠났다.

8 (웬타스 여대공 시점)

로엔그린 변경백령과 왕도를 잇는 도로의 대충 중간 정도에 위치한 상업 도시에 그 식당은 조용히 존재하고 있었다.

얼핏 보면 자주 있는 도로의 음식점 겸 술집.

하지만 주방 뒤에 있는 좁은 나선 계단을 올라가면 그곳에는 왕궁도 이러할까 할 정도로 번쩍이는 공간이 펼쳐졌다.

그 안쪽 테이블에서 철관음차를 마시는 노신사를 발견하고 아야노가 가볍게 손을 들었다.

"오래 기다리셨습니까?"

"상관없네. 장사 계획을 짜고 있었지."

그 장사 계획의 결과 과거에 몇 개의 국가가 사라졌다는 걸 아는 아야노는 뺨에 경련을 일으키면서 맞은편에 앉았다.

드로셀마이엘 왕국에선 배후 실권자라는 소문이 도는 초로의 남자.

이 남자의 정체를 아는 자는 한쪽 손가락으로 셀 수 있을 정도밖에 없었다.

"오랜만에 뵙습니다, 노선생."

"인사는 됐네. 본론으로 들어가지. ──그 성에서 보내는 날들은 유의미했겠지?"

"네, 굉장히. ──제가 그 성에 숨어들지 않았다면 웬타스 공국은 몇 년 이내에 사라졌겠지요."

그건 지극히 정확도가 높은, 만약 아야노가 움직이지 않았을 경우 펼쳐졌을 또 하나의 미래 예상도였다.

아야노가 관찰하며 알게 된 사실.

그건 로엔그린 변경백은 문관으로서도 틀림없이 꽤 우수한 부류에 속했다.

아야노가 없어도 멀지 않은 미래, 로엔그린 변경백은 미스릴 광산을 무대로 계속 이어진 일련의 부정행위를 틀림없이 눈치챘겠지.

하지만 로엔그린 변경백령에는 절대적으로 문관이 부족했다.

덧붙여 로엔그린 변경백 본인은 선량하고 또한 온후하지만 실무 우선형이며 이야기에 흔히 있는 정의감이 선두에 서는 타입도 아니었다.

결과적으로 부정의 냄새를 맡고도 당분간 방치할 수밖에 없지 않았을까.

그리고──.

"지나고 나서 생각해보면 캐런두 후작이 백만 명의 병사를 모았던 것도 이웃 나라의 미스릴을 오랜 기간에 걸쳐 부정으로 유통했기 때문이겠죠."

"그렇겠지."

"실제로는 로엔그린 변경백의 적발에 의해 미스릴의 부정 유출이 중단됐고 그게 최후의 계기가 되어 캐런두 후작은 자신의 사형 집행서에 사인을 하고 말았어요."

"으음."

"하지만 적발이 늦어졌다면, 그 정도까지 어리석은 행동엔 이르지 않았을 가능성이 높아요. 하지만 불안이 증폭되고 부정 유통을 가속화시키고 뒤에서 동지를 늘린 후 병력을 모으고 웬타스 공국 전체를 크게 말려들게 하고."

"그 결과, 로엔그린 변경백이 전부 때려눕혔겠지."

"틀림없이 그렇게 됐겠죠. 게다가 그 아마조네스족도 얌전히 입 다물고 있을 리가 없고……."

정말 그렇게까지 되지 않아 다행이었다.

아야노는 스스로 로엔그린 변경백령으로 잠입해야 할지 어떨지 고민하고 있을 때, 노신사가 불쑥 나타나 터무니없는 보수와 함께 잠입 주선을 제안한 날을 떠올렸다.

충분히 생각한 결과 그 주선을 받아들여서 정말, 정말 다행이었다.

아야노의 모습을 노신사는 마치 못난 제자가 겨우 급제

점을 받은 것 같은 표정으로 바라보았다.
"그래서 지금부터 어떻게 할 생각이지?"
"웬타스 대공으로서 전승 퍼레이드에 출석할 겁니다. 초대를 거절할 순 없으니까."
"그건 당연하고. 그 이후의 일을 묻고 있는 걸세."
그건 즉 아야노에게 앞으로도 로엔그린 변경백령에서의 잠입을 계속 이어나갈지 어떨지를 묻는 것이었다.
평범하게 생각하면 아야노에겐 자국으로 돌아가는 선택지 하나밖에 없었다.
로엔그린 변경백의 사람됨은 충분히 이해했고 웬타스 공국이 멸망할 뻔한 당면의 위기도 넘겼다.
결과적으로 캐런두 후작을 제어하지 못하고 반란을 일으키게 해버린 측근들에게는 불안이 남고, 대역이 들킬 리스크도 계속 높아지기만 할 것이다.
하지만 아야노는 고개를 가로저었다.
"전 조금 더 로엔그린 변경백령에서 신세를 지고 싶습니다."
"……호오. 어째서지?"
"그게 더 낫다고 여자의 직감이 속삭이고 있으니까요."
직감을 무시해선 안 된다는 게 아야노의 은밀한 신조였다.
그 옛날 아야노는 아무런 권력도 없는 공녀에 지나지 않았다.

하지만 본인의 직감과 기지를 믿고 계속 행동한 결과 웬타스 여대공이 되었고 공국 멸망의 위기도 막을 수 있었으니까.

아야노는 본인의 선택에 대한 자신감을 보여주듯이 찻잔 속에 담긴 철관음차를 우아한 손짓으로 입으로 옮겼다.

"흐음. 반한 것인가."

"푸흐읍——?!"

아야노가 성대하게 뿜어낸 철관음차가 멋지게 직격해서 자타 공인 흑막이라 인정받는 남자의 얼굴이 흠뻑 젖고 만 결과.

벌로 한 달 동안 트윈테일을 강요받은 여대공이 극적으로 탄생하게 됐지만 그건 또 다른 이야기.

9

왕성에 도착한 후 의식의 상세한 일정을 토코 씨에게 들은 난 무심코 얼굴을 찡그리고 말았다.

"파티는 그렇다 쳐도 개선 퍼레이드까지 있습니까……?"

"그래. 낮에는 왕도를 마차 타고 퍼레이드하고 밤에는 귀족들의 파티."

"왠지 엄청난 구경거리가 될 것 같은데요?"

"그야 개선 퍼레이드니까. 당연하지. 뭐, 스즈하 오빠는 그런 식으로 눈에 띄는 건 좋아하지 않는 타입이지만."
알고 있다면 없애줬으면 좋겠다.
왕도의 지인들도 보고 있을 관중들 사이로 귀족입니다 잘 부탁해요, 같은 느낌으로 이를 드러내고 시원시원하게 손을 흔드는 건 진짜 창피했다.
그거야, 그거.
내 마음에는 멋진 콧수염이 자라지 않으니까.
내가 그렇게 역설하자 토코 씨가 왠지 가여운 아이를 보는 눈길을 보냈다.
"뭐야, 마음의 콧수염이라니? ――뭐, 상관은 없지만. 민중들에게도 이미 고지는 했고 이제 와서 예정은 바꿀 수 없어."
"흐음."
"게다가 나도 같은 마차를 탈 거니까. 너무 한심한 표정 짓지 마."
"토코 씨도 같이요?"
"처음에는 다른 마차를 탈 예정이었지만 같은 마차에 타는 게 경비에 더 좋다고 근위병사단이 그랬으니까. 게다가 스즈하 오빠와 함께라면 틀림없이 지켜줄 거고."
"그야 물론 최대한 지켜드릴 거지만."
"그러니까 잘 부탁해――."
그렇게 말하자 토코 씨는 팔랑팔랑 손을 흔들며 이야기

를 끝내고 말았다.

뭐, 나의 푸념을 계속 들어줄 만큼 토코 씨는 한가하지 않았다.

그런 이유로 스즈하에게 물었다.

"저기, 스즈하도 그걸로 괜찮아?"

"물론이죠. 듣자 하니 토코 씨가 커플 드레스를 준비해 준대요. 지금부터 엄청 기대돼요!"

이미 매수가 끝난 상태였다.

*

그리고 드디어 개선 퍼레이드 당일.

우리가 타려는 마차를 얼핏 본 순간 의식이 살짝 멀어지는 것 같았다.

"흰말 세 마리라니, 대체……?"

"아, 아하하……미리 말해두겠지만 내가 지시한 건 아니야."

"게다가 스즈하도 토코 씨도 흰 드레스 차림이고. 전반적으로 보면 어느 나라의 로열 웨딩 퍼레이드 같은데요."

"그게 목적이었어?!"

토코 씨가 새빨간 얼굴로 마차를 준비한 기사단장을 노려보았다.

왠지 상대는 굉장히 기분 좋은 얼굴로 토코 씨를 향해 엄지를 들고 있는데, 아무리 그래도 이건 부끄럽지 않아?

한편 스즈하는 의외로 마차를 보고 텐션이 올라갔다.

"스즈하는 이런 게 부끄럽지 않아?"

"부끄러운 마음이 없는 건 아니지만 그보다 백마 마차에 멋진 드레스를 입고 오빠랑 함께 탈 수 있다는 게 훨씬 더 의미 있으니까요."

"그, 그렇구나."

백마 마차나 드레스는 역시 여자로서는 기뻐할 만한 소재인 걸까.

그래 봐야 상대 남자는 오빠인데……그래도 괜찮아?

내가 의아해하자 스즈하가 무언가 떠올랐다는 듯 손뼉을 짝 쳤다.

"그럼 오빠는 퍼레이드 동안 절 계속 공주님 안기로 안고 있는 게 어때요? 그렇게 하면 제 몸과 가슴으로 오빠의 얼굴을 가릴 수 있잖아요?"

"으——음……그것도 괜찮은데……?"

"그건 당연히 안 되지!!"

토코 씨가 즉시 기각해서 그냥 우리는 나란히 앉기로 했다. 아쉽다.

퍼레이드가 시작되기 전에는 어차피 구경꾼은 거의 없

을 것 같았다.

그야 왕자들이 저지른 이전 전쟁과 달리, 일단 병사가 출진하지 않았으니까.

시민 생활에 영향도 거의 없었고 전쟁이 있었다는 실감조차 없었을 것이다.

——하지만 그런 나의 예상은 멋지게 빗나갔다.

왕성의 문이 열렸을 때 마차에 올라탄 우리가 본 것은.

큰 거리 양쪽을 가득 메운 구경꾼들이 훨씬 더 앞쪽까지 이어져 있는 광경이었다——.

어안이 벙벙한 내 옆에서 토코 씨가 당연한 듯 손을 흔들어 보였다.

"자, 스즈하 오빠도 웃는 얼굴로 손을 흔들어. 스즈하도."

"아, 네, 네에……."

마차가 큰 거리를 지나갔다.

우리가 손을 흔들자 구경꾼들이 몇 배나 큰 몸짓으로 손을 흔들어주었다.

가득 모인 구경꾼들은 모두 웃는 얼굴이었다.

곧이어 자연적으로 모두의 목소리가 하나가 되었고.

"구국의 영웅, 만세——!"

"토코 여왕님, 만세——!"

"로엔그린 변경백, 만세——!"

머지않아 외침이 물결이 되어 왕도 하늘로 올라가는 순간을.

마치 동화 같다고 생각하면서 우리는 계속 바라보고 있었다.

10

왕도 안이 열광의 소용돌이에 휩싸인 개선 퍼레이드의 여운.

그건 시간이 지나도 전혀 멈출 줄 몰랐다.

왕도 안을 주민들이 신나게 돌아다니느라 귀족의 마차가 지나갈 수 없었기 때문에 파티 개시 시작이 좀 늦어질 거라고 토코 씨가 알려줬다.

"왜 그렇게 일이 커진 거죠……?"

입으로 내뱉은 나의 의문에 토코 씨가 확실하게 쓴웃음을 지었다.

"그야 당연하지. 얼마 전까지 왕도는 쿠데타로 대혼란,

날조된 전승 보고는 전부 다 새빨간 거짓말. ――그때 나타난 구국의 영웅인 넌 단 한 사람의 주민도 희생시키지 않고 영지를 되찾아왔고 이번에는 백만 명의 대군을 상대로 그저 혼자 앙갚음해줬어. 열광하지 않을 이유가 대체 어디 있지?"

"그렇게 물어보면 그렇지만……? 그래도 토코 씨가 여왕으로 취임했을 때도 다들 야단법석이었잖아요."

"그랬지. 하지만 난 어디까지나 갇혀 있던 공주님이었으니까."

"그랬죠."

"그럼 갇혀 있던 공주님 때보다 박력 있게 나타나 공주님을 구한 평민 남자의 퍼레이드에 다들 훨씬 더 열광하지 않겠어?"

"……그런 건가요?"

"그런 거야."

토코 씨 왈, 그런 거라고 했다. 그럼 어쩔 수 없나.

한편 스즈하는 퍼레이드가 끝난 뒤부터 계속 흐느껴 울었다.

아무래도 퍼레이드 도중에는 어떻게든 참았던 것 같은데.

"저, 저는――! 오빠의 여동생이라 정말 다행이에요――!"

아무래도 감격한 모양이었다.

진정시키려고 머리를 쓰다듬었더니 스즈하가 내 가슴에 얼굴을 묻고 끌어안았다.

왠지 어린 시절로 돌아간 것 같았다.

*

귀족님의 파티는 내가 아는 한 인사의 연속이었다.

오늘 개선 파티도 그랬다.

하지만 크게 달랐던 건 무려 나도 단상에서 인사를 하게 됐다는 것.

평소라면 대단한 사람들밖에 인사하지 않을 텐데.

마이크를 든 토코 씨가 갑자기 무리한 요구를 해왔다.

덧붙여서 마이크라는 건 마법을 사용한 음성 증폭 장치를 말했다.

"자, 스즈하 오빠! 한 마디!"

"아, 저기……?"

"뭐든 좋으니까, 어서!"

뭐든 좋다고 해서 난 일단 토코 씨를 극구 칭찬했다. 귀족 파티에선 여왕을 칭송하는 게 무난했고 게다가 나의 진심이기도 했다.

토코 씨는 갑자기 나에게 칭찬을 들은 수치심에 몸부림쳤지만 기습적으로 인사를 시킨 쪽이 더 잘못이다.

어떻게든 인사를 끝내고 단상에서 내려오자 사쿠라기 공작이 말을 걸었다.

공작 본인과는 꽤 오랫동안 만나지 않았지만 공작의 딸인 유즈리하 씨에게는 계속 신세만 지고 있었다.

"오랜만입니다, 공작 각하."

"으음. 유즈리하는 도움이 되고 있나?"

"물론입니다. 정말 유즈리하 씨에게는 얼마나 도움을 받고 있는지——."

그런 잡담을 계속 나누다 문득 난 어떤 이변을 깨달았다.

사쿠라기 공작 뒤로 사람들이 줄을 서 있었다.

그것도 한두 명이 아니었다.

머지않아 파티에 참가한 귀족 대부분이 사쿠라기 공작을 선두로 일렬로 줄을 섰다.

"저, 저기, 공작님?"

"——유즈리하는 우리 딸이지만 외골수로 키웠으니까. 배신은 결코 용납하지 않지……뭐야, 왜 그러나?"

"공작님 뒤로 엄청난 줄이 생겼는데요?"

"그런 건 신경 쓰지 말고 내버려 두게."

"하지만 모두 공작님께 인사를 드리려고 기다리는 분들 아닌가요……?"

"그럴 리가 없잖나. 이 녀석들은 모두 자네와 인사를 하고 싶은 거야."

"네에?!"
"안 그래도 구국의 영웅인 데다 이번에는 전무후무의 터무니없는 전과를 올렸으니까. 이미 자네의 왕국 귀족으로서의 입장은 흔들림이 없겠지만――그런 자네에게 본인의 얼굴도 이름도 기억 못 시킨 녀석들이 조금이라도 친해지려고 필사적인 거라네."
"그럼 이건 제가 기다리게 하는 겁니까?! 그럼 전 공작님과 잡담을 할 때가 아니지 않나요――?!"
"됐으니까 조금 더 이야기를 들어주게. 오히려 지금부터가 진짜니까."
단상을 바라보며 공작이 말을 이어나가자 한번 들어갔던 토코 씨가 웬타스 여대공을 데리고 다시 등장했다.
토코 씨와 웬타스 여대공이 둘이서 이번 전쟁의 경위를 설명했다.
웬타스 공국으로서는 정전 협정대로 전쟁을 할 생각은 일절 없었다는 것.
그런데 반란을 일으켜서 로엔그린 변경백에게 선전포고까지 한 캐런두령은 이미 웬타스 공국과는 일절 관계가 없다는 것.
따라서 캐런두령이 전쟁에서 패배했다 해도 그 이후의 처우에 웬타스 공국은 일절 참견하지 않겠다는 것.
전부 내가 알고 있는 내용이었다. ……여기까지는.

단상 위의 토코 씨와 눈이 마주쳤다.

그건 웬일인지 대규모 장난을 계획하는 듯한 표정이었다.

그리고 토코 씨가 터무니없는 말을 내뱉었다.

"앞으로 캐런두령을 어떻게 할지 생각해봤어. 이번에는 전쟁을 하게 된 쪽도 완벽하게 앙갚음한 것도 로엔그린 변경백이니까, 그러니까."

토코 씨는 피식 웃고 말을 이었다.

"캐런두 후작령의 영토 및 그 외 전부를 로엔그린 변경백의 지배하에 두기로 결정했다!"

"……네?"

단상 위 토코 씨가 무슨 말을 하는지 도대체 알 수가 없었다.

뭐가 뭔지 어이없어하자 사쿠라기 공작님이 내 어깨를 툭툭 두들겼다.

"그렇게 됐다는군. 로엔그린 변경백령과 달리 캐런두령에는 좋은 천연 항구도 곡창지대도 있지. 영웅담도 사색이 될 만한 큰 출세야."

"저기, 공작님? 무슨 말씀인지 잘 안 들렸는데……제가 캐런두령을 잇는다는 그런 말이 들린 것 같기도 하고……."

"확실하게 들었군. 자네의 인식에 과부족은 없네."

"네에에?!"

"이걸로 겨우 본론으로 들어갈 수 있겠군. 자네는 지금 영지만으로 벅찰 것 같아서, 내가 인재를 빌려주려 하는데 어떤가? 이래 봬도 난 공작가 당주라 많은 인재들을 알고 있거든."

"저기, 그러니까, 그게."

"장래에 왕자와 결혼하기 위해 왕비교육을 끝낸 딸이 두 명, 물론 웬타스 공국 사정이나 영지 경영에도 정통한 인물들이지. 그 외에도 귀족으로서 영지 경영을 배운 딸이 몇십 명이나 있고 자네만 괜찮다면 그 전원을 모아 면접을 열어도 좋네. 그리고 자네의 여동생인 스즈하와 나이대가 비슷한 실력 좋은 기사, 그리고……."

공작이 아주 기뻐하며 자신의 영지 내의 우수한 인재를 차례차례 거론했지만 상황이 너무 예상 밖이라 내 머릿속에 하나도 들어오지 않았다.

일단 어떻게든 이해한 사실이 하나.

——이유도 모르는 사이에 귀족이 된 그날로부터 고작 몇 달.

아무래도 나의 영지는 2배 이상으로 늘어난 것 같습니다——!

에필로그

사쿠라기 공작이 도망갈 길을 막아버려, 주르륵 늘어선 귀족들과 공작을 번갈아 보며 안절부절못하는 스즈하의 오빠. 그걸 바라보던 토코는 어쩐지 가슴이 후련해지는 기분이 들어서 빙그레 나쁜 미소를 지었다.

"흐흐흥. 가끔은 스즈하 오빠가 곤란해하는 것도 좋구나."

"흐음? 토코 여왕님은 늘 로엔그린 변경백에게 도움을 받고 있지 않나요?"

아야노 여대공이 묻자 토코는 살짝 볼을 부풀렸다.

"그야 스즈하 오빠는 내가 곤란할 때 박력 있게 나타나 항상 서늘한 얼굴로 해결해주니까. 가끔은 저런 약한 모습도 보고 싶은 게 인지상정 아니겠어?"

"그렇게 도움을 많이 받았어요?"

"그야 뭐. 스즈하 오빠가 로엔그린 변경백이 된 뒤부터만 세도, 멍청한 오빠가 시작한 웬타스 공국과의 전쟁을 설마 하던 큰 승리로 끝내게 해줬고 전 변경백이 은폐했던 미스릴 광산도 발견해서 재정난도 해결될 것 같고 조인식에서는 전쟁으로 피폐해진 우리 나라를 노리는 멍청한 국가를 빈틈없이 견제, 궁극적으로 캐런두령과의 전쟁에서 크게 승리하며 우리 나라가 이 대륙 제일의 패권국가라는 강렬한 인상까지 심어줬지!"

이쯤 되면 어느 나라도 공격할 수 없을 것이다.

그 정도로 스즈하 오빠가 준, 두 번의 큰 승리에 대한 인상은 너무나도 컸다.

그건 쿠데타와 무모한 전쟁으로 피폐해진 드로셀마이엘 왕국에게 문자 그대로 몹시 갖고 싶었던 어드밴티지였다.

"……다시 생각해봐도 만약 스즈하 오빠를 로엔그린 변경백으로 만들지 않았다면 지금쯤 우리 나라는 위험했을 거야."

"그건 아닐걸요. 아마조네스족과의 밀약은 그 이전에 이뤄졌으니까."

"거기까지 알아?! 하아……. 차라리 우리 나라로 오지 않을래?"

"그 대신 로엔그린 변경백을 우리 나라에 주신다면 기쁘게 받을게요."

"절대로 싫어."

그렇겠죠, 하고 아야노가 매정하게 답했다.

두 사람의 시선 끝에선 아직 사쿠라기 공작이 스즈하의 오빠를 붙잡고 있었다.

이야기하는 내용이 여기까지 들리는 건 일부러 그러는 거겠지.

사쿠라기 공작이 확실하게 침 발라놓았다는 사실을 모두에게 어필하고 있는 것이다.

저런 노골적인 어필에도 당사자인 스즈하의 오빠가 그 의미를 이해하지 못하는 게 또 웃긴다고 아야노는 생각했다.

"……변경백이 없었다면 지금쯤 어떻게 됐을까요."

진심으로 물어본 건 아니었다.

그건 나직이 입에서 흘러나온 가정.

토코는 스즈하의 오빠를 계속 바라보며 손가락을 접어가며 숫자를 셌다.

"스즈하 오빠가 없었다면 우선 난 절대로 여왕이 되지 않았겠지. ──아, 하지만 왕자끼리의 쿠데타는 있었으니까 어차피 난 죽었으려나? 그리고 유즈리하는 혼이 나가고 그 틈에 아마조네스가 전쟁을 일으켜 우리 나라는 멸망하지 않았을까?"

"……너무 리얼한 예상도군요……."

"그 이외의 상황을 상상할 수 있어?"

"아쉽게도 없어요."

"요컨대 왕국의 목숨도 내 목숨도 스즈하 오빠가 구한 거야."

"부러울 따름이네요."

정말 진심으로 아야노는 그렇게 생각했다.

만약 스즈하의 오빠가 자신의 나라에서 태어났다면.

자신은 틀림없이 지금의 토코처럼 수줍은 미소를 띠고 있었겠지──.

"……왠지 화가 나는데. 차라리 약점을 공격해볼까요?"

"뭐? 무슨 소리야?"

"모르셨어요? 지금 드로셀마이엘 왕국에는 중대한 약점이 있습니다. 토코 여왕과 변경백에 대해서요."

"뭐? 뭐?"

자신만만하던 토코가 갑자기 초조해하기 시작했다.

아야노는 군사와 정략의 재능으로 여대공까지 올라간 인물이기에, 토코는 그 능력을 누구보다도 정당하게 평가하고 있었다.

게다가 아야노는 이런 자리에서 쓸데없는 허세를 부리는 타입도 아니었다.

"그게 뭔데?! 응? 좀 알려줘!"

"어떻게 할까요……?"

"진심으로 부탁할게! 정말, 내가 은혜 한 번 갚을 테니까!"

됐다! 라고 아야노가 내심 주먹을 머리 위로 치켜들었다.

흥분한 지금의 토코 여왕에게 은혜를 한 번 입힌다는 건 터무니없이 가치가 컸다.

게다가 토코 여왕은 성격상, 은혜를 잊는 타입도 아니었다.

"——초밥."

"뭐?"

아야노가 갑자기 꺼낸 수수께끼 같은 단어에 토코가 입

을 턱 벌렸다. 초밥?

"모르시겠어요? 로엔그린 변경백은 초밥을 정말 좋아한다고 하더군요."

"으, 응. 그래서?"

"예를 들어서 만약 제가 실수에 대한 사과의 뜻으로 변경백에게 입김이 닿을 일류 초밥 장인을 보내면——."

"아앗?!"

무심코 큰소리를 내다 당황해 입을 막았다.

그건 곤란해. 엄청 곤란해.

그것이야말로 초밥 무한리필 약속을 지키지 못한 가장 큰 원인이니까——!

"변경백의 성격상, 호사스러운 선물은 거절해도 초밥이라면 거절하지 않겠죠. 게다가 초밥 재료가 엉망이 된다는 변명까지 있으면 범에 날개겠죠."

"방긋방긋 웃는 얼굴로 초밥을 먹는 스즈하 오빠의 얼굴이 눈에 선해——!"

"머지않아 변경백은 그 초밥 장인에게 마음을 열고 마치 가족처럼 받아들이고——."

"그건 진짜 안 돼!!"

실제로 스즈하의 오빠가 초밥 장인에게 조종당할 사람은 아니었다.

하지만.

스즈하 오빠의 자각 없는 성격과 실력은 좋지만 국가 간의 사정을 모르는 초밥 장인이 끼어들었을 때 분명 좋지 않은 큰 사건이 시작될 거라는——그런 확증이 있는 것 또한 사실이었다.

"게다가 이건 다소 재력만 있으면 누구든 할 수 있죠."

그야말로 일개 귀족이라 해도 상관없었다.

만약 아야노가 지금 사쿠라기 공작 뒤에 줄 서 있는 인사 대기 귀족들의 입장이었다면 승전 축하라고 칭하면서 틀림없이 초밥 장인을 보냈을 것이다.

만약 돌려보낸다 하더라도 다소의 금전이 사라지는 것 정도로 끝날 테니까.

"어, 어어어어쩌지?!"

"은혜 하나 더?"

"콜!!"

"——좋아요."

무표정으로 고개를 끄덕이는 아야노.

다만 내심 '해, 해해해, 해냈습니다——!'라고 통곡하고 있었다.

지금 이 대륙에서 가장 기세 넘치는 왕국의 절대 여왕, 토코가 갚아야 할 빚이 합계 2개.

비유도 뭣도 아닌 전쟁의 승리 한 번 정도의 가치는 있을 것이다.

고마워, 로엔그린 변경백.

당신 덕분에 토코 여왕이 바보가 됐습니다——라고, 본인이 들어봤자 곤란할 수밖에 없는 감사 인사를 내심 올리면서 말했다.

"저라면 대답은 하나."

"그건?!"

"초밥 장인을 상주시키니까 문제가 일어나는 거예요. 그렇다면 상주시키지 말고 가능하면 매주 적어도 매월, 토코 여왕님이 초밥 장인을 데리고 방문하면 되겠죠."

"뭐어어?! 하지만 로엔그린 변경백령은 엄청 변방인데?!"

"그게 왜요? 비장의 마도구든 뭐든 써서 날아가면 되죠."

"아니, 확실히 마도구는 있지만——! 그걸 쓰면 한 번에 왕가의 연간 예산의 10분의 1이 날아간다고——!"

"그건 알려져선 안 되겠네요. 로엔그린 변경백이 좋아하지 않을 테니까."

"으, 으윽……!"

진심으로 고민하면서도 작은 목소리로 '하지만 매달 스즈하 오빠랑 만날 구실이……!'라고 작은 소리로 중얼거리는 토코가 어떻게 결단할지 아야노는 이미 알고 있었다.

이런, 이런, 하고 작게 어깨를 움츠렸다.

아야노는 생각했다.

만약 장래, 이대로 드로셀마이엘 왕국이 대륙을 통치한다면.

그건 분명 지금의 토코 여왕처럼.

놀랄 정도로 평화롭고 평온한 세계가 되겠지, 라고——.

여동생이 여기사학원에
입학했더니
어째선지
구국의 영웅이 되었습니다.
나
내가.
After my sister
enrolling in
Girl Knights' School,
I become a HERO.

후기

오랜만입니다.

내용이 꽤 편집돼서 '이게 팔릴까?'라며 고개를 갸웃거리며 출판한 1권입니다만 의외로 호평을 해주셔서 이렇게 2권을 내게 되었습니다.

구입해주신 독자 여러분의 따뜻함이 몸에 스며드는 오늘 이맘때입니다.

그리고 글래머에 덤벙거리는 학생 여기사가 좀 더 유행하길(소망).

그건 그렇고.

타이틀이 여기사 학원이니까 여기사 학원에 대해 적어 내려가고 싶다는 생각은 해봤지만 이게 상당히 어려운 일이네요.

그야 뭐.

나라 제일의 초엘리트 여기사를 육성하는 학교라고 어떻게든 설정해두고 좀 그렇지만.

이 작품은 전투 세계관이 뭐랄까, 서양의 단체전이 아닌 것 같네요.

오히려 시대극이나 무쌍물이나 무협물처럼 그런 혼자만 엄청 강한 풍미를 내뿜는 그런 작품 같아요.

——뭐, 혼자 간단하게 드래곤을 쓰러뜨리는 완만한 판타지물과 다소 차이는 있지만 대부분 그런 식이라고는 생각하는데요…….

그렇게 되면 여기사 학원이 어떤 여기사를 양성하고 있는지를 이야기해야 하는데.

게다가 이 작품엔 깜짝 놀랄 만큼 강한 학생 여기사가 두 사람.

그러니까.

최강 여기사 학원 사투편, 이라는 스토리를 떠올려 봐도 스즈하랑 유즈리하가 무쌍하는 학원 백합 스토리밖에 떠오르지 않았기에 엎어버렸습니다.

언젠가 나이스한 이야기를 그릴 수 있다면 갑자기 여기사 학원편이 시작될지도 모릅니다.

이렇게 2권이 나오기 위해 전권처럼 많은 분들의 조력이 필요 불가결했습니다.

웹에서 평가나 코멘트를 주시고 트위터 등으로 확산시켜주신 여러분.

늘 다양한 방향으로 퍼지는 이야기를 궤도 수정해주시는 편집부 M님.

완전 큐티와 섹시가 양립된 일러스트를 그려주신 나타샤 님.

그 외에 디자이너님이나 영업부 담당자님을 시작으로 이 작품에 관련된 모든 여러분.

그리고 무엇보다 이 책을 구입하고 읽어주신 독자 여러분.

여러분께 진심으로 감사를 드립니다.

여동생이 여기사 학원에 입학했더니 어째선지 구국의 영웅이 되었습니다. 내가. 2

2023년 12월 15일 1판 1쇄 발행

저　　자 라만 오이돈
일러스트 나타샤
옮 긴 이 심희정
발 행 인 유재옥
총괄이사 조병권
출판본부장 박광운
담당편집 박치우
편집 1팀 박광운
편집 2팀 정영길 조찬희 박치우 정지원
편집 3팀 오준영 이해빈 이소의
디자인랩팀 김보라 박민솔
디지털사업팀 박상섭 김지연 윤희진
라이츠사업팀 김정미 맹미영 이윤서
영업마케팅팀 최원석 박수진 박소연
물 류 팀 허석용 백철기
경영지원팀 최정연
인쇄제작처 ㈜코리아피엔피
발 행 처 ㈜소미미디어
등　　록 제2015-000008호
주　　소 서울시 마포구 토정로222, 403호 (신수동, 한국출판콘텐츠센터)
판매 및 마케팅 (070) 8822-2301

ISBN 979-11-384-8107-6
ISBN 979-11-384-8027-7 (세트)